瀬戸内寂聴

ふしだら・さくら

Fushidara & Sakura

Setouchi Jakucho

新潮社

目次

ふしだら・さくら

記憶

記憶

高木充子は今朝も十時過ぎまで眠っていた。物書きだった頃の夜更しの習慣が今も治らない上、いつの間にか低血圧になっていたので、朝の目覚めは遅い。夜なかの二時、三時まで、読書したり、テレビを見ていたりする。身を入れて読みたいほどの本もほとんどなくなり、テレビもしょっちゅう下らないと腹を立てるくせに、つい所在なさに見てしまい、眠れない夜をなだめている。

十年ほど前一時、睡眠薬中毒になりかけて、それ以来薬をやめ、酒だけを頼りに眠りに誘われようとしたが、独りで大した肴もなしに呑む酒も次第に味気なくなり、年と共に酒量も減っていた。

仕事を盛んにしていた頃は、不眠症をかえっていいことにして、二日つづきの徹夜で締切り原稿を書いたりしたものだが、今では、だらだら浅い眠りの中をさまよい昼前までべッドにぐずついていて、徹夜などは思いもよらない体質になっている。

まさか、自分がこんなに長生きをすることなど、充子は予想したこともなかった。もうすぐ明ければ西暦二〇〇〇年になり、数え七十九歳になる。誕生日は戸籍では一月一日となっているが、本当は十二月二十五日の大雪の日の生れだそうで、耶蘇の祭りより正月の方が縁起がいいと、父が正月元日生れとして届けたのだそうだ。だから実際は新年を迎えると、数えではれっきとした八十歳になるわけだった。

充子の世代では、美人薄命という言葉が当然のように言い慣らされていたので、若い頃の充子には長生きの老婆などは老醜の固りとしか思われず、そこに自分の老いの姿を重ねるなど、ふるふるおぞましいと嫌悪していた。

四人姉妹の中で、長女の充子が一番器量よしだといわれていた。物心ついた時から、まわりから器量をほめられつづけてきたので、自分の薄命は当然の運命だくらいに受けいれていた。事実、子供の頃は腺病質で、妹たちの誰よりも体が弱く、年中熱を出しては学校を休んでいたものだ。風邪はうち中で一番早く引きこみ、同じものを食べても、姉妹の中で充子だけが腹をこわす。

生理を迎えたのも二つちがいの妹の康子より二ヵ月遅かった。ところが、そうなってから急に体質が変ったのか、めきめき丈夫になっていった。

無口で愛想がないので、女学校時代は美人を鼻にかけていると級友からそねまれ、親友も出来なかった。プライドが高く、自分から人に馴染んでいくたちではないので陰気な社交性に乏しい生徒と教師からも思われていた。

その充子が女学校の五年生の終りに、突然、T歌劇団の試験を受け、合格した時は、家族まで寝耳に水のことで、呆気にとられた。

「黙っているが何をするかわからんやつだ」

と父はいい、

「あの子だけは得体の知れないところがあって恐ろしい」

と母も話していたと、康子から聞かされた。

四代つづいている京菓子の老舗を、はじめから充子は継ぐ意志などなかった。

「康《やっ》ちゃんが養子をとって継いだらええやん」

と言い捨て、京都のような因循なところは性に合わないと嫌っていた。

歌劇団は全寮制だったので、さっさと入寮してしまい、家族と別れて暮すことなどに何の未練げも見せなかった。

八十になろうとするこの頃でも、充子は歌劇団の頃のことを夢に見ることがある。眠りの浅いため、夢はよく見るが、充子の夢は大むね、何かしら満たされない不機嫌な感情がこめられていて、後味の悪いものが多い。ただ歌劇団の夢だけは、覚めたあとで、また夢の中にもどりたくて、わざとふたたび目を閉じたくなるような、なつかしさが尾をひいていた。

歌劇団は二年間厳しいレッスンに明け暮れ、府立の女学校の授業などより、ずっと気が張りつめていたし、競争心もむきだしで、いつでも真剣勝負のような緊張感の中に、身も心も鎧っていた。内心芯が強く負けぬ気の激しい充子には、それがかえって快よかった。

バレエもタップも日舞も、平均点は採れた。音楽だけは、自分が思っていた以上の才能があると教師に認められ、クラスでトップだった。総合の成績も上位で一目置かれていた。しかし身長が足りなかったので、プリマドンナ役にはなれなかった。まして、この歌劇団の看板の男役には全く向かなかった。

可憐な娘役で、舞台でソロを歌ったこともあるが、舞台に立てるようになると間もなく戦争が苛烈になり、歌劇団は、ほとんど軍の慰問にやらされるようになった。一年ほど慰問の旅をしているうち、充子はすっかり厭気がさし、さっさと退団してしまった。

同期の男役やプリマドンナ役の人気スターが、戦後映画に籍を移し成功していたが、羨《うらや》ましいとも思わなかった。

ヨークシャーテリヤのペロが、ベッドに上ってきて、充子の胸に頭をすりつけにくる。

「おはよう、ペロ、よしよし、おなかが空いたのね。悪かったわね、寝坊して」

時計を見ると、十一時を廻っている。

ネグリジェにガウンをひっかけ、ペロを抱いたまま、ベッドを離れてカーテンを引く。外はまぶしいほど晴れ渡って雲ひとつない小春日和であった。

台所の隅にある犬の食器の中は、ミルクも水もきれいに呑みほされ、皿のドッグフードも空っぽになっていた。

プラスチックの犬の食器を洗ってミルクを注いでやっていると、玄関のチャイムが鳴った。ドアの覗き穴から見ると、ケアセンターの食事配達係りの女が白い上っ張りを着て立っている。

ドアを開けると、そっ歯の口を大きくあけて愛想のいい笑顔を見せた。

「いいお天気ですね、御機嫌いかがですか」

いいながら、二つのプラスチックの弁当箱を手渡した。その瞬間す速く充子の顔色や動作を観察するのも、彼女の仕事の一部なのだった。市の厚生課と提携しているケアセンターは、弁当の配達を受けている人々の容態も、報告する義務が課せられている。受取人が玄関までも出て来られない時は、その場で異変をセンターに報《しら》せなければならない。受取人は老人が多く、圧倒的に独り暮しが多いので、時には、一晩のうちに死亡していて、それまで発見されないでいることもある。

昼食と夕食の二回あるが、充子は三日めから昼食だけに切り替えた。老人用に薄味にした料理は、結構量が多く、二回分は食べ切れないのだった。一回だと六百円ですむ。自分で料理をすればこの値段で出来るものではない。あまりの便利さと値の安さに、味の文句など言えたものでないと思った。

昼、夕の献立表が月の始めに渡される。カロリー計算から、蛋白、塩分の計算まで表示されている。配達人はアルバイトが多く、女のひとり暮しには女の配達人をさし向けるような配慮もされている。二人交替で来る配達人のうち、充子はこの大野和子が気に入って、週一回、掃除にも来てくれるよう個人的に契約した。子供たちはそれぞれ独立して、日本刺繡の職人の夫と二人暮しだという和子は、喜んでこの仕事も引き受けてくれた。

充子が和子を気に入ったのは、何より犬好きということだった。ペットを飼うのは禁じられているマンションで、内緒で犬を飼うのは並大抵の苦労ではない。東京から六年前京都へ引きあげてきた時にはペルシャ系の黒猫のマリをつれてきた。病身のマリの病院通いの時は買物袋に入れて持ち運びしたものだ。

家につくという猫は、京都へ移ってから病気ばかりして二年前死んでしまった。十六歳になっていたから寿命は全うしたといえるだろう、充子は両親の死んだ時よりも気落ちがしてしばらく寝ついたほどだった。もう死目に逢うのが辛いから二度と生き物は飼わないと言っていたのに、半年もたたないで、犬屋のウインドウで運命的に目があってしまったと思いこみ、ペロを買ってしまったのだった。

「老後は近くで棲もうよ、その方が離れて案じるよりずっと安心だから」

と優しく言ってくれた康子の言葉に、つい気が折れて京都へ帰ったことを、マリが死んでからは、東京に居たらマリは死ななかったのにと、執念深くぐちるので、気のいい康子との仲までおかしくなっていた。

それでもペロを買った心の弾みを誰かに聞いてほしくて、久しぶりで康子に電話で血統書つきの犬を買ったと伝えた。

康子は電話口で一瞬絶句した後で、妙に低い堅い声で、

「今度の犬は、死んでもうちのせいにせんといて」

と言った。充子はその晩康子に絶交状を出した。プライドが人一倍高く強気な充子の絶交状は、趣味のようなものだと、小説を書いていた頃編集者の間でも評判だった。たいていそれを貰った相手は、きょとんとしてしまう。そして繰り返し読み直すうち、全く不用意な言葉や、ちょっとした連絡手ちがいに、信じられないほど充子が傷つき、怒っていることに気づくのだった。一応詫びをいれても、詫びる方に納得がゆかないから、その詫び方がまた気に入らないと充子の怒りに輪をかける。

そういうことから敬遠され、ファンだった編集者が何人離れていったかわからなかった。見かけの美しさと女らしさに似ても似つかない激しさと、頑固さが同居している。どんなに多忙な時でも、手伝いや秘書は使えないのも、そのためだった。

二度した結婚も、破ったのは充子の方で、相手は充分未練があったのに、充子の方が許さないのだった。

はじめの夫は強引な求婚に充子が負けた形だったが、充子も男の美貌と才気にすっかり心を傾けてしまった。それでも女と金にだらしない性質を許すことが出来ず、三年で別れてしまった。

二度めの夫の鈴木徹夫は、六歳年下の詩人だった。ふと誘われた同人雑誌の会で識り合い、八年間片想いの恋を貫いた末、求婚してきた。親の遺産を株で増やし、小さな画廊を開いていた。徹夫が充子の文学的才能の発見者で、しぶる充子をおだてたり励ましたりして推理小説の懸賞に応募させた。原稿用紙を揃え、自分でこよりを作り、とじて、袋に入れ、出版社宛の表書きまで徹夫がした。

半年も経って充子自身が忘れかけた時、受賞の報せが舞いこんできた。

推理小説が流行の波に乗った時で、その世界では最も権威のある賞だったので、鈴江玲子という充子のペンネームはたちまち有名になった。もとT歌劇団にいた履歴も、徹夫がちゃんと書きこんであったので、それも話題をかきたてた。昔の劇団仲間で、映画スターになっていた売れっ子女優とテレビや週刊誌で対談させられたりした。

恐ろしいほど注文が殺到して、今はすっかり自分の店を整理し、充子の秘書になりきった徹夫が、それを片っ端から引き受けさせた。

掃除も台所仕事も一切させず、徹夫が引き受けた。手伝いはいくら雇っても充子が神経質で厳しいので、居つかない。結局徹夫が引き受けてしまう。

「ええんや、おれは元来内助の夫になって左団扇になるのが理想やったんやからな」

冗談とも本音ともつかない言い方で徹夫は充子を笑わせ、器用に肩を揉む。

充子の原稿料は、徹夫の得意の株の運用で、何倍にもふくらみ、それは不動産に換えられていった。

「小説書くには、もっといろんな経験つまなあかんで、外国旅行でもしたり、浮気の二つや三つは経験した方がええんとちがうかな」

「妙な人ね、女房に浮気すすめる亭主がどこにいるん」

「ここにいる。そやけどやっぱりぼくに解らんようやって欲しいな、知らぬが仏や、お頼のもうします」

どこまでがふざけているのか本気なのか解らないまま、充子は徹夫が自分の知らなかった才能を発見し、育ててくれたのだと感謝していた。外出の時は、徹夫がハンカチからティッシュまで手渡してくれ、財布にも、まさかの時、恥をかかない程度の現金を入れてくれてある。

ヨーロッパのツアーの申しこみも、徹夫がしてくれてあった。

疲れたろうから少し温泉にでも行って来いと、宿の予約も知らない間にとってくれてある。

「うちはあんたの何なの」

「金の成る木や」

そんな寝物語りの間に、徹夫は夫としての役割もおこたりなく果した。

珍しく京都の身内の法事だといって徹夫が留守にした時に、顔を合わせて二、三度会釈した程度の向いの家の主人が、どなりこんできた。自分の妻と徹夫が、不倫の関係なのに、徹夫の妻たるお前は何と怠慢かというのだった。

向いの主婦は派手な顔立の明るい女で、歯ぐきをむき出しにする笑顔の口もとがみだらがましかったが、二重瞼の大きな目に生命力があふれて、いつもきらきら輝いているような男好きのする女だった。

鈴江玲子の小説のファンだといって、美味しい手造りのすしや、ケーキをさし入れてくれ、充子の方は筆名のサイン本を返すというような間柄だった。

いつの間にその主婦と徹夫が特別な関係になっていたのか、充子は全く知らなかった。

今度の旅も、女と示し合せての旅だった。女の夫が興信所を使って証拠が上ってしまっているので、徹夫も白を切り通せなかった。

充子は怒りの余り、さっさとひとり引越してしまった。貸しマンションを二つも持っていたので、空いた一室に移ることが出来た。

どう解決したのか、しばらくすると徹夫はにやにやしながら自分も同じところに引越してきた。

「ひとりでやっていけるわけないやろ」

徹夫の言う通り、徹夫に現実的な雑用のすべてをゆだねていた充子は、木から落ちた猿より無能で、落ちついて小説も書けなくなっていた。

それから三年ほど、徹夫と別居したり、同居したりを繰り返していたが、最後の別居の三ヵ月ほどの間に、交通事故で徹夫は死亡してしまった。運転は慎重すぎるほど安全運転だったし、ビール半杯呑んでも、決して運転しない要心深い徹夫が、湘南の海岸で、運転を誤って、車ごと崖から堕ち海に沈んだというのが腑に落ちなかった。

その後にわかったことだが死亡する半月ほど前、徹夫は離婚届を出し受理されていた。

何かのけんかの時、冗談のように離婚届にサインしたことが思い出された。

徹夫の死と共に、充子の創作意欲は全く失われた。頭がいつでもキンキン鳴りつづくようになって、推理小説を考えることが苦になってきた。

徹夫の骨は京都の徹夫の両親の墓に入れられたという。充子は一度もその墓参りをしていない。

最近家じゅうで新興宗教に入れあげている康子が、毎年盆や彼岸には、徹夫の墓参りをしてくれているようだった。

小説が書けなくなったことと、人づきあいの悪さも作用して、今では鈴江玲子というペンネームも、ほとんど世間から忘れられていた。それ以上に近江あずさという歌劇団での芸名は人々の記憶からすっかり消えていた。

エンターテインメントの雑誌に書いた作品は、それきり読み捨てられ、充子の手許に残された自分の著書は数冊にも満たない。

充子はとうに文芸家協会やペンクラブは脱会してしまい、昔の作家仲間や編集者とも交際を断っている。

舞台でソロを歌った近江あずさや、華やかな受賞作家だった鈴江玲子というのは、果して自分だったのだろうか。あれは夢を見ていたのではなかったか。

充子はマリの死んだ後、一歩も外へ出ず、誰とも言葉を交さない日が何日もつづくことがあった。食べずにはいられないので、ごくまれにスーパーへ出かけても、必要な品物を買物籠に入れて、レジで支払いを終り、そこを出るまで、一言も言葉を発しないでもことが足りた。

康子が新興宗教に熱を入れはじめてからは、事実忙しいらしく、めったに電話をかけてくることもなくなった。三番めの妹は早くから結婚した夫の仕事の都合で、東南アジアの町を転々として暮している。

末の妹の春子はまだ六十代の半ばというのに、アルツハイマーになって、娘夫婦に、施設の病院へ入れっ放しにされている。

人間との会話がほとんどなくなってから、充子の話し相手はペットしかいなくなった。もう犬を散歩につれて行く元気もないので、ベランダだけをペロの運動場にしている。それでもペロが神経を立てて哭《な》き声をあげないかと気が気ではない。

「ペロ、お前のためにだけ生きているのよ。もうわたしは死んでしまいたいのよ。でも、飼ってしまった以上、お前を残して死ねないわね」

猫のマリが死んだ後、ペットを飼わなければよかったのにと、何度後悔したかしれない。それでもこの犬が今では唯一、自分の話し相手で決して裏切らない対象だと思えばいとしくてならないのだ。ペロの持参金を残して犬好きの人に自分の死後は貰って貰おうと思うことがあっても、相手は持参金だけが目当てで、自分の死後にどんな目にペロが遭わされるかしれないと、心配で死に切れない思いがする。

「ねえペロ、いっそお前を殺して、一緒に死んでしまおうか」

そう話しかけても、ペロはまるい目でじっと充子の顔を見つめるだけで、ため息を返すわけでもない。

大野和子が運んでくれたケアセンターの弁当をキッチンの卓上にひろげ、そこから見える和室のテレビに電源を入れた。

徹夫が利殖してくれていたおかげで、オートマッィックのこの新しいマンションも買えたし、あと十年くらいは生きてゆかれる資産もある。それかといって、これで痴呆になってしまえば、どこへどうやられるかわからない。有料の高級老人ホームをいくつも観に行ったが、入りたいようなところは、もう持ち金をすべてはたかなければならないし、このマンションも今では急激に値下りして、買った時の半値になっている。

そう暢気に長生きも出来ないのだ。

ペラペラしたプラスチックの弁当箱から、中味を皿や小鉢に移す手間も、あと洗うことを思えば億劫で、不精を決めこみ、弁当箱からじかに食べている。

今日の献立は、

鶏肉のクリーム煮が主菜で、つけ合せが、もやしのカレーソティー、牛蒡《ごぼう》のおかか煮、蒸しエビシューマイ、ブロッコリー。

どこも悪くないので、カロリーコントロール食でも減塩食でもないから、充子のは一般食だが、味は減塩食とまちがったかと思うくらい薄い。

献立表の字面だけ見ると、明日だって、白身魚の五目あんかけの主菜に、照り焼ハンバーグ、三度豆のおかかあえ、キャベツとツナのソティー、茹で卵と、結構、豪華メニューの感じがする。六百円でこれだけつくのだから文句は言えない。

ペロが心得て、足許にうずくまり、お下りを分けられるのを待っている。

「あのね、ペロ、昔ママが推理小説の売れっ子だった時にね、監獄の食事のメニューが必要で調べたことがあるのよ。その字面の豪華だったこと、そうよね、丁度こんな具合だったかな。ま、これで文句を言ったら罰《ばち》が当ります。このエビシューマイ、ペロの好物ですよ、さ、お食べ」

充子の足許に運んでやったペロ用のお皿に、シューマイをのせてやると、ペロは体を震わせて、尾を振って食物に飛びついている。

何気なくテレビの声の方を見ると、画面に風邪薬のコマーシャルが映っていた。孫娘とその祖母という設定の二人の上半身が映っている。充子は思わず、箸を落しそうになった。昔歌劇団の寮で同室だった春名由紀が、祖母に扮して大写しになって笑っていた。

「ペロ！　見て、あれが春名だって？　いやだ、あんなお婆さんになって」

それが老婆の役柄の扮装だと思っても、春名由紀の年を考えたら、自分より二つしか下ではない。数え七十七なら、扮装でなくったって、あれが正真の姿かもしれないと充子は思った。あの華やかなオーラを放ち、スターでありつづけた女優でも、寄る年浪には勝てないのかと思う一方、他人事ではないと充子は自分の掌で頬を撫でた。せいぜい、パックやマッサージをおこたらず、厚化粧はさけて、素肌の衰えを防いできたつもりでいても、他者から見れば、自分だって無慚に老化しているのだろう。

弁当の半分近くをペロに与えて、味気ない昼食はまたたくまに終ってしまった。

コーヒーだけはネルのコーヒー漉しで、ドリップでゆっくり淹れ、ブラックで味った。このコーヒーの淹れ方だけが最初の夫の小林修の自分に遺《のこ》した習慣だとふっと思いだした。あの女蕩《おんなた》らしはどんな顔を、いや性器をしていただろうと、充子は目を細めてコーヒーを味いながら思いだそうとした。修と二度めの夫の徹夫との、その差異を比較してみようと思いたったが、両方ともさして特徴もなくごくありふれたものしか思い浮ばない。

二人の夫の知らない男との交渉もないではなかった。徹夫にそそのかされてそうなったのでも、修の放蕩へのあてつけにそうしたのでもなく、密かごとの相手などは、どんな女にだって、その気になればいくらでもいる。

性夢というのを最後に見たのは、一昨年の夏だった。覚めて充子はベッドで横たわったまま、まだ夢のつづきの中にいるような気がした。充子の性夢は一年に一度か、二度の割合いで忘れた頃にふっと訪れるが、いつの場合も、夢の中の性は入口でたゆたい、決して成就したことはなかった。もっともどかしいのは、どの男にも顔がなかった。夢の中では確かに口を開き、目でものを言ったと思うのに、覚めて、誰だっただろうと思い出そうとすると、たちまち記憶に白い霧がまきつき、何もかも、おぼろの中に隠してしまう。

二人の夫とも欲望は強いたちで、揃って充子の性欲が淡泊だと評した。二人の知らない男たちは、誰も充子を性に淡泊だとは言わなかったような気がする。男との性の記憶に個性が失われ、のっぺらぼうになってしまうのは、女全般の特性なのか、もしかしたら自分ひとりの特異性なのだろうかと、珍しく充子は人間の記憶のあり方についてこだわりだしていた。

「あほらし」

と心につぶやくと、満腹して眠ったペロの目を覚まさないように、充子はそっとドアの外へ出た。

五階からエレベーターでロビーまで降りてゆくと、壁ぎわに並んだメールボックスへ近づいていく。もう個人的な郵便などほとんど来なくなって久しい。面倒臭がって何日もメールボックスを覗かないので、ダイレクトメールやちらしが満杯になって、差入口からはみだしているのだった。見苦しいから、取り出してくれと、昨夜管理人から、わざわざ封書が届いていた。ドアの裾から差しこまれていて、否応なく見なければならなかった。

管理人はもと小学校の教頭をしていたとかで、礼儀正しく規則遵守をモットーとする人種だった。この男だけは、充子の前歴を承知していたが、軽々しく他言する男ではなかった。最初は尊敬と憧れの宿った目の中に、今では軽蔑と苛だちの翳りしか覗けない。

充子は鍵を鳴らしてメールボックスを開けた。どっと堰を切られた流れのように、さまざまな色や大きさの広告の紙が飛び出してきた。竜のような速さと激しさでそれは充子の足首をしたたかに叩きつけた。

柱の脇のごみ箱にけばけばしい広告の紙を一気に突込もうとして、充子はふと自分の動作を止めた。白い四角な封筒がその中に一つまじり、今にも捨てられかけていたのであった。

それはワープロで横書きに充子のペンネームで宛名が記されていた。差出人はただS・Sとあるだけだ。切手にかかったスタンプの跡をすかし眺めたが、故意のように霞んでいて、どこからの発送ともわからない。

充子はその封書だけを持って部屋に戻った。

S・Sというだけで住所も書かない人物が思い当らない。部屋で丁寧に鋏を入れ、中味を取り出して見ると、それもワープロの横書きだった。不審を抑えながら目で文字を追っていくうちに充子は息をはずませていた。

それは男からのあきらかな恋文だが、中味は今から三十数年もさかのぼった頃の内容だった。

「あなたからの手紙次々受取っています。

ロマンチック街道から、パリから、ローマから、ヴェネチアから、そしてトスカーナから。こちらは連日、埃と汗にまみれて相変らずの暮しですが、あなたが幸せそうに、異国の中で解放されきって、颪に吹かれて歩いている姿を思い浮べるだけでほっとします。

もっともっと、そちらでゆっくりさせてあげたいと思う一方、あなたのいない東京の空気を吸っていることが虚しくてならない。

逃げられてみて、あなたの存在感の重さを思い知らされています。

すばしこそうで、本当は実にのんびりやさんのあなたは、東京の街ではいつだってぼくが袂をしっかり捕えていなければ、赤信号でも平気で飛び出してゆく人なんだから。

言葉もわからない町で二時間も道に迷ったなんて書いて来られると、こっちの心臓が止まりそうになってしまう。小っちゃくて、一見子供っぽく可愛らしいので、外人の男はまさかあなたの年齢を当てられないで、追っかけられたらどうしようと、そんなことまでハラハラする。そういう点を一切、書いてこないところが怪しいぞ。何しろ、そしらぬふりでワルイコトの出来るヒトなんだから。

何でもいい、もう、いい加減に帰ってきて下さい。あなたの匂いとやわらかさと、あなたの内部の恐しいあつさに触れたくて、包まれたくて、気がおかしくなりそうだ。

それにしてもトスカーナからの手紙は胸にこたえた。

——いつか、どこか見知らぬ世界の涯《はて》の村で、葡萄棚の下なんかの木の椅子に坐って、大きなショールにくるまれながら、あなたのセーターなんか編んでる自分のおだやかな老後の姿をふっと描いてみたりしているのです。

その時あなたは町へ行って、本やチーズをどっさり買いこんで、車を走らせている、あたしに向って――

これにはただ頭《こうべ》を垂れ、肩を落してしまうしかなかった。

あなたは頼りなさそうでいて、本当は芯が強い。思ったことは必ずいつか決行する。だらしのないのはいつだってぼくだ。まだ家族を捨てきれない。

それでも、あなたのいない間じゅう、誰にも触れていないよ、逢えばわかるさ。……」

充子は一気に読みつづけた。手紙はまだ半分だ。

テーブルに両肘をつき、頭をかかえこんでしまった。

これは、昔もらった手紙を、再現して送ってきたものか、本人か、その妻か、または息子か。

何より不安なのは、充子にその男の面影が浮ばないことだった。顔は忘れても、耳のいい充子は人の声には記憶がいい。それなのに、この男の声が耳に聞えて来ない。

ひそかに怖れている痴呆がいよいよ始ったのかと思うと、背筋が寒くなった。

手紙の後半は次第にポルノ調になってくる。しかしそこに書かれている女の肉体の特徴は、充子の知っている自分自身のものでしかない。

誰が、今頃、こんな旧《ふる》い手紙をワープロで清書して送ってきたのか。目的はいたずらか、脅迫か。

充子はベランダに出て深呼吸した。書かれている時は、明らかに徹夫と暮していた時分だ。

書かれている地名は、たしかに充子の踏んだ土地だ。

「〝お菓子の好きなパリ娘〟を歌うあなたの歌声が、夕焼の中から聞えてくる。待っている」

手紙の最後の文章を二度めに読んだ時、不覚にも充子は涙をこぼしていた。その歌は充子が初舞台で、パリのお針子になって歌いながら踊ったものだ。今でも一番なつかしい好きな歌だった。どの男との逢引にその歌を聞かせたか。しかしそれももう今の咽喉では昔のように愛らしい歌声を出すことは出来ない。

充子はのろのろと仕事机に移った。もう何年も仕事をしたことのない机の上には、三年前から呆け予防に効くと聞いてはじめたワープロが置いてある。

原稿は打ったことがないが、出すあてもない手紙は、時たま練習に打ってみることはある。

返事が書きたくなった。

しかし、誰へ。記憶に浮んで来ない男へ向って、充子は宙に指を動かしていた。

ペロが異様な声を出した。ふり向くと、昼、食べすぎたものを汚ならしく充子の足許に吐きつづけている。

さくら

家の中の窓という窓を開け放し、キッチンのファンを強にしてつけっ放しにしていても、ダイニングルームに籠った灯油の匂いは消えなかった。ガソリン臭さはぼくの軀にも染みつき、骨の芯まで鼻をつくその匂いに侵されているような感じがする。三階の自分の部屋に上っても、匂いはしつこく追いかけてきて、狭い部屋だけに、臭さは密度を濃くしているように思う。

下着からセーターまですっかり取り替えても自分が臭い。逃げ出すしかないので裏口から出る。表通りへ廻ったところで、谷田のおばさんにばったり会ってしまった。

「あ、坊《ぼん》、今お握り持って行くところだったのよ、ほれ」

新聞紙にくしゃくしゃに包んだものを手渡してくれる。掌に握り飯のあたたかさが伝わってきたとたん、胃が鳴った。

「ありがとう、いつも……」

「なんの、なんの」

おばさんは顔の前で手を振って、さっさと自分の店へ引きかえしていく。口数の少ない、客にも愛想のない人だけれど、ぼくはこの人が好きだ。ぼくの生れる前から道の角に雑貨屋を開いている。数歩行っておばさんが立ち止まり、振りかえった。

「何やら、妙な匂いがしてない？　空気がガソリン臭い」

「べつに……」

ぼくはあわてて空気を嗅ぐように首をのばしてみせ、

「何も匂わないけど」

「そうかな、この頃、目も鼻も日増に利かないようになって……耳が一番はじめだった」

おばさんが今度こそ背を向けて店の前の自動販売機の向うに入るのを見届けてから、ぼくは反対の方向に小走りに走り出す。走るとすぐ心臓がドキドキして目の中が白くなってきた。母が先ず出て行って、やがて父も出て行って、だだっ広い三階建の家にぼくひとりが取り残されて以来、ぼくは食事をとるのが面倒になり、ついつい何も食べない日も多くなって、完全に栄養失調になっている。食費と称する金だけは、どこにいるか知らされない両親から、ぼくの名義の郵便貯金の通帳に月に三度振り込まれている。余分な金を持たすと、ぼくがたちまち浪費して、半日と保ったためしがないからという理由で、金額は極端に少ない。とにかく食べることだけは可能な額しか振り込まれていない。しかも十日毎だ。その金を引き出すだけのために、月に三度郵便局へ行きはじめて三ヵ月が過ぎた。

窓口の女事務員はいつでも機嫌が悪くて大嫌いだ。不器量の上につんつん澄ましていて高慢ちきだ。こんな奴、レイプする気にもならない。

自分も女に負けないくらい冷淡な表情をしているだろうと思いながら、金だけを受け取った。局が開いたばかりの時間なのに、後から次々人が入ってきて、速達を出したり、切手を買ったり、小包みを計ってもらったりしている。どの人間も、ぼくに目もくれない。まるでぼくという人間を影のように完全に無視しきっている。戸口に向かったぼくの肩を、後ろから誰かがぶつかるようにかすめて先に戸口を出ていった。アラブ人のように鬚を生やした大きな男は振り向きもしなかった。鬚男に肩をかすめられただけで、ぼくは頼りなくよろめいて、窓際のせまいベンチにぶつかった。その拍子に、白い毬が足許に転がってきた。毬と見えたのは毛糸の玉だった。ベンチにひとりの女が小さく腰かけていた。女の膝の上に銀色の籠が置かれていて、そこから毛糸の玉が転がり落ちたと見えた。ぼくはあわててそれを拾いあげ、すみませんと口の中でつぶやき、女の膝の籠の中にそれをもどした。同じような白い玉がもう一つ入っていた。女はとがめるかわりに、

「どうもありがと」

と細い声で言った。白いマントにくるまって、マントについたフードに頭も顔の大方も包まれている。白いまるい顔は一瞬マシュマロのようなふわふわしたものに見えたが、フードのふちにあふれている髪もまっ白だったし、マシュマロのような顔には小皺がさざなみのようにひろがっていた。瞳は薄い茶色がかった色だった。そのせいか老婆の表情がとても優しく見えた。

老婆は当然のように、編みかけの白いスカーフのようなものを編針と一緒にまるめて入れた籠を、ぼくの方にさし出した。持てというしぐさだったので受け取ると、当然のようにぼくの腕に手をかけて、すんなり立ち上った。立つと、裾にむかって拡がったマントがふわっと老婆の軀を包みこんだ。

老婆はぼくの腕に手をかけたまま、そういう予定だったように一緒に肩を並べて郵便局の外へ出た。

ドアを閉める時、ふりむいたら窓口の女が、険しい目つきで睨んでいた。ぼくは前から

そうしたかったんだと思いながら、思いきり顔をしかめてイイーッと歯を剝いてやった。その瞬間見せた女の顔が、ぼくに思いきり暴力をふるわれた後の母の表情とそっくりに見えた。

老婆は当然、ぼくの行くところを承知しているように安心しきって、ぼくについてくる。いつものように辻公園に行った。もう木々の葉はほとんど落ちつくして、裸木が小さな公園をふちどっていた。公園には人影はなく、強くなってきた陽ざしが、裸木の枝の朝露をきらめかせていた。老婆はこれも白い小さな編上靴を穿いていて、身のこなしは軽く、足もとはしっかりしていた。

ぼくたちは名乗りあいもせず、ずっと前からの知人のようにベンチに並んで腰をおろし、新聞紙を開いた。中からラップにくるんだ握り飯と、卵焼が出てきた。

おかかと、たらこと梅干がそれぞれに入っていた。外側には厚いのりがしっかり巻かれていた。老婆は両手を叩いて、

「うわあ、すっごい豪華弁当」

とはしゃいだ声をあげる。そんな時はぼくより幼い少女のように見えた。ぼくらはものもいわず、その握り飯を平げた。フードの中の老婆の顔が、何だかしだいに若くなるよう

に思えた。三つとも割ってみて、女はおかかがいいというので、ぼくが他の二つを食べた。女は大きなお握りの半分しか入らないといい、半分をぼくに食べさせた。

腹が一杯になると、睡気が襲ってきた。

「睡そうね」

女もけだるそうな声でいう。

「昨夜、一睡もしていないから」

「あら、どうして」

「ダイニングルームに灯油撒いて火をつけたんだ」

「おお怖わ、それで火事になったの」

「火をつける前にバケツに三杯水を用意しておいたから、とにかく火事にはならなかった」

女がころころまるい笑い声をあげて身をよじった。

「用意周到な火つけやさんね」

三つのバケツの水では消えず、風呂場からホースを引っぱってどうにか消した。母が自慢のペルシャ絨毯で火を押え、その上にも水をかけつづけたから、一階のダイニングルームは水浸しになってしまった。テーブルの脚は二本、半焼けになっている。

「面白かった？」

女の茶色の目が、誰よりも面白がっているように輝いている。

「べつに……でもちょっと緊張した」

どうしてそんなことをしたのかと、女が聞いてくれないのが妙に不満だった。

「眠りなさい、ここ枕にして」

女が自分の膝の上を叩いた。ぼくが言われた通り、女の膝を枕に、ベンチに横になったら、女は編物のつづきをはじめた。

「何を編むの」

眠気に抗しながら訊いた。

「あたしのお棺の上にかぶせてもらう、大きな毛布を編んでるの、きれいな糸でしょう」

そういえば細い細い白の毛糸には、ビーズのような小さな真珠がところどころについていて、象牙の鉤針でレースのように編まれると、星を紡いだように見える。

薄目で下から見上げると、すっかり若がえって見えていた女は、いつの間にかまた老婆の顔に戻っていた。

目が覚めたら、ひとりで公園のベンチで寝ていた。頭の下にはウールの花模様のマフラーを畳んだものが枕がわりに置かれていた。マフラーの甘いいい匂いが、老婆に膝枕をさせてもらった時、顔を包みこんできたほのかな香水の匂いを思い出させた。左の薬指に、白い毛糸のボンボン玉が指輪のように結びつけてあった。ボンボン玉には真珠の星がちりばめられていた。

あれは夢ではなかったのかと、胸がどきどきしてきた。空は夕焼けで燃えるような雲がたなびいている。その赤さが昨夜の炎の色を思い出させ、思わずベンチの上に起き直っていた。

「目が覚めたの」

背後から声がした。ふりむくと、ユーカリの木の下のブランコに谷田のおばさんが腰かけていた。見馴れたコール天のいつもの上っぱり姿ではなく、和服の改った姿で紫色のコートなんか着こんでいる。髪も髷にまとめ、薄化粧までしているようだった。あんまりぼくがまじまじ見つめたので、おばさんは照れたように唇を噛み、

「今日は、うちの人の祥月命日なので、お寺に拝んでもらいに行ってたの、墓詣りもして」

「墓詣りの時は、いつもそんなにおしゃれして行くの」

「からかうんじゃないよ、子供のくせに」

口調まで谷田のおばさんはいきいきしていた。

「子供じゃないよ、十六だよ。もう三月で十七になる」

「学校は止めちゃったの」

「止めさせられたんだ。知ってるでしょ、あの事件」

おばさんは曖昧にうなずいた。新聞にも出たし、ワイドショーにまでネタに使われた事件だもの。知らない筈はない。

R高校でも持て余し者の三人組の三年生の不良が、一年生の女の子を体育館の更衣室でレイプした事件だった。一年生の女生徒のさくらちゃんは、ぼくとは中学も一緒でR高に入った。たまたま、その日、バスケット部に入っていたぼくは更衣室に時計を忘れたことに気づき、取りに行った。さくらちゃんが三人組に更衣室につれこまれた直後だった。ぼくは脅されて、体育館の入口で見張りを命じられた。なぜその時逃げなかったか。ぼくはさくらちゃんを好きだったからだ。扶《たす》けにも行けないくせに、さくらちゃんの受難を見捨てて逃げることも出来なかった。しばらくして二人がぼくを呼びに来て、更衣室へつれこまれた。気を失ったさくらちゃんの上に突き飛ばされて、やれと言われた。むき出しにされた少女の下腹部は血にまみれていた。ぼくがさくらちゃんの軀に突き飛ばされた時、さくらちゃんは弱々しく目を開いた。ぼくの顔にさくらちゃんのうつろな瞳が止まって、また瞼が閉ざされた。

ぼくはさくらちゃんを犯すことが出来なかった。そんなぼくを、やつらは半死半生に痛めつけて口止めだと言った。

ぼくの潔白が裁判で証明されたのは、人々がもうこの事件を忘れかけた頃であった。その時、さくらちゃん一家は父親の転勤でドイツへ発ってしまっていた。

さくらちゃんの目の中に映ったぼくの歪んだ顔が、消されることはないだろう。

この事件で半狂乱になった母は、それまで以上にぼくを露骨に嫌悪した。七つ上の兄は、ハンサムで秀才で母の自慢の子供だった。もの心ついた時から、ぼくは兄とあらゆる点で母に比較され、けなされつづけた。

「お兄ちゃまはああなのに、お前は……」

という時の母の顔には、ぼくへの軽蔑と嫌悪感だけしか浮んでいなかった。

東京の大学から夏休みに帰った兄に、自分はほんとに母の実子なのだろうかと訊いたことがある。兄は気恥かしいほど明るい声で笑い飛ばして、即座に答えた。

「ばっかだなあ、お前の生れた時、おれはおやじと二人で病院へ出かけ、御対面しているよ。おれの七つの時だから、はっきり覚えてるよ。生れたての赤ん坊ってのは、ただ気味の悪いぶよぶよしたもので、ちっとも可愛くないんでびっくりしたよ。何でそんなこと疑うんだ」

「あんまりおふくろがぼくに冷たいから」

はじめて兄の真似をして使ったおふくろという言葉が、口の中一杯に嵩ばって舌を噛みそうだった。

「ふうん、もしかしたら……」

と言って、兄が妙に目の中に愉しそうな光をためて教えてくれたのは、母がぼくを妊娠していた時、父が手伝いの若い女に手をつけ、その女も妊娠したことが母にばれて、大騒動が持ち上ったという。母はその時、ぼくを堕すと泣きわめいたが、もう六ヵ月を過ぎていて、堕せなかったのだそうだ。手伝いの女の子供は母の命令で堕させてしまったそうだ。

「そうでなくても、おふくろは子供はおれ一人でいいと思ってたようだ。お前を産むのは面倒臭かったんじゃないかな」

家で暴力を振うようになった時、ぼくは父より母を対象に選んでいた。

「お前なんか、ぼくに殺されたって文句ないだろ、腹の中で殺そうとした奴にやられるだけだ」

そういう時、ぼくがどんな形相になっているか、母の恐怖に引きつった顔を見ればわかる。野球のバットで母の肋骨を二本折った時も、母の後頭部を七針縫うほど打ちつけた時も、

「生れて悪かったね」

と歌うように繰り返していたそうだ。

それを教えてくれたのは、母にだまされてつれていかれたカウンセラーのふち無し眼鏡の男だった。母がセンセイと呼ぶ気障な男を一目見た時から好きになれなかった。

母はそのセンセイが五冊も専門の本を出していると、信用しきって尊敬していた。

最初に暴力を振った時のきっかけをしつこく訊かれたが、答えなかった。そんなことがわかっているなら、家庭内暴力など振う奴はいないだろう。

三度くらい行ったが、その後、母が何となだめたりすかしたりしても行かなかった。センセイは、三度め、さくらちゃんの事件をこと細かに喋れといったのだ。

そのセンセイが、もうぼくは見込みがないから、両親に家を出よと、教えたのだ。先ず母が夜逃げのように出て行き、一ヵ月して、父もある日から居なくなった。

孤独に徹しさせることが、ぼくを正常に戻す最良の治療法だといったそうな。

またとろとろしていたらしい。栄養失調というのはいつでも眠いのだ。

気がつくと谷田のおばさんが、ゆっくりブランコを漕いでいた。そのことに気づいていないように、おばさんは茫とした表情をしていた。どこかこの世の外でも眺めているような和やかな優しい表情だった。

この人があんなことをする筈はない。ぼくは母が嫌悪感を露骨にして話して聞かせたことを思っていた。

「あの人とはつきあうなと言ったでしょ。買物は大通りのスーパーに行けばいいのよ。あの人は夫の愛人を刺して牢に入っていた人なのよ」

〝そんなこと嘘でしょう〟と心の中でつぶやいた声を聞きとったのか、ブランコに揺られながら、おばさんの声がおだやかに返ってきた。

「ほんとうよ、みんな」

「えっ」

「おかあさんに聞いたんでしょう。うちの人が二年ばかり女のところで暮して帰って来ないことがあったの、わたしもまだ若かったし、辛棒が足りなくて……、女はうちの人より七つも年上で、別れた男の子供をつれていた。五つくらいの可愛らしい女の子だったわ。その晩は雨が降っていた。音をたてて激しく降っていた。わたしが女のアパートの階段を上る時も、雨音にまぎれて足音も聞えなかった。信じられないでしょうけど、ドアは鍵もかかっていず、押すとすっと開いたのよ。女の子を端に寝かせて、大人が二人軀を寄せ合って眠っていた。うちから持ってきた刺身庖丁で、女の胸を刺した……。しいんと落着いた心で、自分のすることをもう一人の自分が、天井の隅から見つめていた。血が噴いて、うちの人の顔に飛び散った。そのまま走り出して交番へ自首した」

「死んだの、その女」

「それが馴れてないから刺しそこねて」

ぼくは思わず笑った。おばさんも笑った。

「死なかったと聞かされて、がっかりした。未遂だったし、いろいろ情状酌量もあって、三年足らずで出てきたのよ」

「よかったね」

「入っている間に、うちの人は女に捨てられていた。うちの人が監獄の門の外に迎えに来てくれていて、まっ直ぐ家に帰ったのよ」

「…………」

「でもうちの人は、以前の人ではなくなっていたわね。いつでもぼんやりして、何かに気を奪われているみたいだった。揚句の果に中風になって半身不随でしょう。十年看病して、死んでくれた。こんな話するのも、もうお別れだからね」

「別れるって」

「今月一杯で、店畳んで四国の山の中の郷里に帰ります。もうあんな骨董品みたいな店、なり立たないでしょ。誰だってスーパーやコンビニで買いたいわよ。店を改装する気力も資金もないし……」

「今月一杯って、あと一週間じゃないの」

「そう、奥の方はもうあらかた片づいて、荷造りも出来てるのよ。店は三日も大売出しすれば、片づいてしまう」

「淋しくなる」

「そんなやさしいこと言ってくれて」

「おばさんの差入れがなかったら、ぼくとっくに飢死してたよ」

「食事だけはしっかりとってね」

「…………」

「軀にも心にも傷のない人間って一番怖いわよ、気をつけてね」

あたりはすっかり暗くなって、月のない空に星がちかちかしはじめていた。しっかり抱きあったまま、接吻しながら若い男と女が公園を横切っていく。ぼくたちの姿も目に入らないようだ。

おばさんを店まで送っていった。雨戸をたて廻した灯のない家は、もう空家のように見えた。裏口から入るというおばさんと店の前で別れた。

右手を出して来たのでその手を握ったら、ひどく冷たかった。思わず、その手を引き寄せたら、おばさんの軀が凧のように軽々と寄りかかってきた。ぼくはその小さな軀を抱きあげるようにして、おばさんの額に接吻した。

まるいおでこを前からおばさんの顔の中で、可愛らしいと思っていたことに気がついた。おばさんは隣とのせまい路地の中へ足早に消えていった。尻尾でも踏まれたのか、路地の奥から野良猫のみゃあと鳴く声がした。

そうだ、店じまい大売出しの三日間は、店を手伝ってやろう。そう思いつくと、はじめてすることが見つかった弾みが心について、浮き浮きしてきた。

家に近づくと驚いた。誰もいない筈の家のどの窓にもあかあかと灯がついていた。

まさか、両親が帰っているとは思えない。ジャンパーのポケットをさぐってみると、鍵は確かに入っていた。

ドアは鍵がかかったままだった。気味が悪くなって、数歩退いてわが家を見上げた。せまい旧い二階家が、互いに支えあうようにして並んでいるこの町内で、わが家だけが鉄筋三階建でそぐわない。近所の人たちが赤屋敷と呼んでいるのは、赤煉瓦でおおわれているからだ。ものものしい上、唐草模様の鉄柵のついた露台などが、二階と三階についていて、ますます国籍不明の建物になっている。曾祖父《ひいじい》さんが高利貸で作った身代を、祖父《じい》さんが相場で費い果したが、この家だけを父が買い戻したのだという。この界隈は曾祖父さんの時はすべてうちの地所だったのにと、父がよく口惜しがってこぼしていた。

開けっ放して出た筈の窓がすべて閉って灯がついているのだから、やはり両親のどちらかが戻っているのだろう。あのダイニングの狼藉ぶりを見たら、どんなに逆上しているだろうと思うと、このまま逃げ出したくもなるし、怒りに鬼のような形相になった顔を見てやりたい気もする。

鍵を開けて玄関へすべりこむと、まだガソリン臭い匂いが鼻をついてくる。

玄関から上っている螺旋階段の中程に、悠然と腰を下して編物をしていたのは、白いマントを着たままの老婆だった。

さすがにフードは背中に外しているので、白いというより銀色に輝く髪が、マシュマロのような顔をふちどっている。前髪の一部を紫色に染めているのが際立っている。呆れて立ちすくんでいるぼくに気づいて、婆さんは左手をあげて、

「ヘーイ」

と気前のいい声を出した。どうやって入りこんだのか訊くまでもない。

辻公園のベンチで膝枕で眠りかけた時の話に、

「あたしは魔法使いよ、どこへだって神出鬼没なんだから」

と聞いたような気がする。

「リュージ、お帰り、おそかったわね」

ぼくの名前も覚えている。

「ね、ぼうや」

と度々話しかけられるので、

「坊やはやめて下さい。ぼくはリュージです。竜《たつ》に二のリュージ」

と教えた。すると、あれは夢ではなかったのだ。

「いっそ竜馬にしたらよかったのに。あの人好きさ、きみ、リュージはリョウマを好き？」

「わからない。あんまり知らない」

おばあさんというのも悪いような気がするし、おばさんと呼ぶのも何だか似合わないのでぼくは訊いた。

「あなたの名前も教えて下さい」

「さくら」

ぼくは息が止まりそうになった。老婆の顔に微笑がさざなみのように拡がると、顔がつやつやしてたちまち少女の顔になっていく。

「さ、く、ら、ちゃん」

ぼくは咽喉に石を埋めこまれたようにどもった。

学校の廊下や図書室の入口でふとすれ違う時、ちらっと見合せた目をいそいで伏せて、みるみる赤くなる頬を恥かしそうにそむけ、小走りにすり抜けていったさくら。好かれているという磁気のようなものが、びんびん軀の芯に伝わってきて、口笛を吹きたいような幸福な気分になったものだ。好きだと一言も言ったことはないけれど、あのうるんだ目はそれをしっかり感じとっていてくれた……それなのに……

ぼくは不覚にも、さくらと名乗る老婆の膝を涙で濡らしたのだろうか。

編物の手をとめた柔らかい指がぼくの頬を撫で、髪の中にさしこまれてきた。そうされると泣け泣けとうながされているようで、ぼくはしゃくりあげたのではなかったか……公園のベンチで眠りに落ちこむ前に、ずいぶん長い話をしたような気がしてきた。

体育館の忌わしい出来事も、母にも父にも捨てられている今のことも、ふたりで食べた握り飯を差し入れてくれた谷田のおばさんのことも、カウンセラーのセンセイのことも……ことばが途切れると、細い指が微風のように頬を撫で、まぶたをやわらかく押え、喉仏の上を上下する。それがサインのように、ぼくはまるで催眠術にかかっているように話すことが止められなかった。

——それから……。

螺旋階段で膝枕することは困難だった。ぼくは足をずらし、上体をえびのように曲げ、頭をさくらばあさんの両腿の上に押しつけた。マントの下の絹のワンピースを通して、弾力のある娘のような腿の感触が伝わってくる。ぼくはたまりかねて、鼻先から、二つの腿の窪みに押しつけ、顔で押えこんだ。薔薇の花のようないい匂いに顔が包まれた。新聞紙を通して伝わってきた握り飯のあたたかみのようなほのぼのした体温が、顔を覆ってくる。

躯がずり落ちないように、ぼくは両脚で階段に立ち、腕でしっかりとさくらの脚を抱き締めた。それはさくらばあさんではなく、少女のさくらの脚だった。ぼくのしびれかけた感覚をうち破るように、声が聞えた。

「見たわよ、昨夜の戦場の狼藉ぶり」

くふんと、ぼくは咽喉で笑った。

「絨毯はびしょ濡れだし、床は洪水の跡だし、テーブルの脚はお見事に焼け焦げているし……どうする」

「どうしよう」

また、ふいに睡魔が襲ってきた。

「もう、喋らないで……」

少女のさくらの俤《おもかげ》を抱きよせながらつぶやいた。

「寝よう」

呂律が廻らなくなって、ことばになっていないようだった。

誰かが、ぼくの軀を引っぱりあげ、階段を上りきり、三階のぼくのベッドまでつれていく。こんな力は老婆にはない。さくら、少女のさくら。

ベッドのぼくの横にさくらがより添ってきた。ぼくはその柔らかな肌に触れようとするが、睡魔が手をしびれさせる。

かわりにさくらの柔らかな指と掌が、ぼくの服を脱がせてくれ、軀じゅうを微風のように撫でさすってくれる。

ぼくが果てた時、風船がしぼむように腕の中のさくらが小さくなり、一つだけ開いていた窓から外へ流れ星のように出ていった。

それを呼びとめようとしても声にならず、捕えようと伸ばした腕も、宙を掻いたまま軀の脇に落ちてきた。

睡魔が無数の羽毛のように、ぼくを包み、白い花びらの下に埋めていく。いや花びらではない。これは編みあげられた巨きな毛布の柔らかさだ。あの小さな星が無数に紡がれた……毛糸の……。

めぐりあい

その駅のどこにも、今、電車を降りた三谷綾の他に、人影はなかった。東京の外れの山の中のささやかな尼寺に、最期になる小説の取材があり、ようやっとの思いで、珍しく、ひとりで出かけてきたのだった。つい先月、満九十歳になった綾には珍しいことだった。

去年結婚した秘書は身籠っていて、連れてこられないので、綾は久々でひとりで出かけてきた。

昔から、取材にテープ類の機械は一切持たない主義なので、いつものように、身ひとつであった。何とかして、ようやっと対面や取材まで取りつけた相手の老人たちは、録音機を取りだしたり、それらしきものを見ただけで、脅えてしまい、言葉が出なくなってしまう。覚えていた筈の過去のあれこれに、たちまち濃い霧がかかり、何もかも見えなくなってしまうようであった。

幾度もした経験から、綾は身ひとつで、一切の機械らしきものを持たない取材方法に、自分を馴らしてしまった。しかしその方法に手本があったことを忘れたわけではなかった。

若いとき同居した夫の家族と折合が悪く、誰が見ても、綾のわがままとしか言われない離婚をしてしまい、生家からも見放され、それ以来、ひとりで上京し、無我夢中で生きてきた。

「器量が悪いから、身を守れてるんです」

男はいないのかと、からかわれると、正面から相手の眼を見返えし、きっぱり言い切るのが味気なく、いつの間にか、誰も、冗談にも、そんな話はしかけなくなった。そのうち、酒量ばかりが上って、酔うと思いがけず陽気なお喋りやになった。

綾が、鈴木龍太に出逢ったのこそ偶然だった。靖國神社の境内を通り抜けようとした時、突然激しい夕立に襲われた。朝から上天気で、およそ雨の気配などなかったので、雨具など何一つ持たぬ綾は、人の居なくなった神社の境内で、立ちすくんでしまった。雨に濡れる顔に涙まであふれてきた時、はっと、綾の上に降りつづける雨が止った。愕《おどろ》いて顔をあげると、自分の顔の真近に見知らぬ男の顔が笑っていた。

「うちの社はすぐそこです。しばらくそこで雨宿りしていらっしゃい」

言われるままに、男の傘に扶けられ、彼の会社に行った。会社という名が恥しいほど、ささやかな一軒家で、がらんとした中に机がいくつか並び中年の男が三、四人座を占めていた。

それが縁で、綾は鈴木龍太の出版社に雇われることになった。

龍太の社は、老人向けの月刊誌を発行していて、近く少女雑誌も始めたいという。

龍太は大手の出版社で、長く雑誌の編集長をつづけてきたということだった。

三人いた社員は男ばかりで、茶を汲むことをいとわない綾の出現に、大歓迎だった。収入は前より少し減ったが、綾は充分幸福な気分だった。老人の取材も記事も、綾の仕事は社長の龍太に思いの外、気に入られていた。

老人たちは、みんな綾の訪問を待ち望んでいた。綾が故郷の女学校で、卒業前に本職のマッサージ師から習ったという、あんまをサービスすると、どの老人も我勝に綾の膝前に、不自由な躰をにじり寄せてくる。

「マッサージの終りは、その人の頭を、こうして指で軽くポンポンと叩くんですよ、ほら、気持いいでしょ、わたし、二百人の卒業生の中で、一番あんまが上手だったんですよ。それでその人が、校長先生をマッサージしてお終いです。ですから、わたし、校長先生の禿頭、ポンポン叩いて、卒業しました」

老人たちがどっと、声をあげて笑った。

綾は帰り道で、つくづく長生きはしたくないと思った。どの老人も気の毒なだけ。つづけて、なぜか社長の龍太の老醜は、絶対見たくないと思った。

最近、よく背を曲げて咳きこんでいた龍太が、ついに病気で倒れ、会社に出られなくなった。

綾は心配で食事も喉を通らなくなってしまった。会社はやがて必ずつぶれるだろう。それまで社長の龍太の余命は持つのだろうか？

龍太の死、そんなことがあれば、私だって死ぬんだ。あ、これが私の終《つい》の初恋？　離婚した夫にはこんな切ない想いは、一晩だって抱いたことはない。これは不倫？　不倫がどうしたって？　綾はいつの間にか、顔じゅう涙でぐしょぐしょにしながら、眠ってしまった。

社長の病気が長びくようなので、編集長の佐藤哲郎が、家に見舞に行くという。綾は佐藤の背に両掌を合わせて云った。

「編集長、私をこの後、首にしてもかまいません。今度だけ、社長のお見舞につれてって！」

「ああ、いいよ、ぼくの方から誘うつもりだった。社長も喜んでくれるだろう」

綾は佐藤の背に飛びついて「わあい！」と叫んでいた。

道々、編集長の佐藤は、綾に問われるままに、会社はもう長くないだろうと云った。自分は今更勤める気もないから、その後は、かねて心がけていた歴史小説を書くつもりだという。

「あそこはね、奥さんの里が大地主で、今も凄い財産家なんだ、これまでもずいぶん扶けてもらってきたけれど、今度はもうそれも適うまい。社長のアイデアはいつも世間の流れより一脚速やすぎるんだな」

「社長の病気はガン？」

「さあ、それは……」

「ガンでも場所によるわね」

綾の初めて訪れた社長の龍太の家は、目白台の小さな露路の奥にあった。想像していたよりささやかな二階建の一軒家で、龍太は二階で寝ていた。三人いる子供の一番下の六歳の男の子が、父親似のきれいな目を見開いて、嬉しそうに見舞客を見つめていた。初めて逢った龍太の妻の智恵美は、肥りすぎて息をあえがせていたが、根が明るい気性らしく、そこに彼女が居るだけで、座が明るくなった。容貌コンプレックスの綾は、ひたすら目を伏せて、きれいにマニキュアされた智恵美の爪に見とれていた。言葉に、夫より強く東北弁のなまりが残っているが、オペラを唄う時は、さわりにならないのだろう。

来る途中、佐藤から聞いた話では、智恵美は音大を出ていて、オペラ歌手を夢みてパリへ留学もしていたのに、龍太との恋に、音楽より龍太を取り、こんな平凡な暮しに落着いているのだという。

――歌っていればよかったのに――

綾は、胸の中でつぶやいたが、この妻に満足している龍太の神経がまともだと、認めないではいられなかった。

「龍がいつも綾さんのこと、ほめておりますのよ。ほんとにいい娘さんだって。息子が大きければお嫁に欲しいって!」

自分のことが話題になっているのも知らず、六歳の男の子がバイオリンを持って出てきた。五歳から習っていて、手筋がいいのだと智恵美が説明した。綾は初めて、龍太もバイオリンが達者だと聞いてびっくりしてしまった。

これまで勝手に想像していた自分の龍太は、実物の彼とは、全然別人なのだと理解してきた。

「あのう……もしかして三谷綾先生じゃございませんか?」

突然の男の声にびっくりすると、いつの間にか一人の男が、すぐ背後に立って声をかけている。

「はい……そうですけど」

「あ、やっぱり! ぼく、ほら、龍太……鈴木龍太の三男の春樹です」

「まあ、あの小ちゃな春樹ちゃんが!」

こんな大人になってという言葉は、こみあげてきた涙にむせて出なかった。

「バイオリンを習ってたわね……それでお父さまは?」

「死にました。肺ガンでした。母もそれから五年おくれて、クモ膜下出血で、父の後を追いました。兄たちはそれぞれ元気です。ぼくは今、音大の教授をしています」

「まあ、まあ、御両親がいらしたら、どんなにお喜びでしょう」

「父はよく三谷綾先生のことを話していました。あの人の才能に一番はじめに気がついたのは自分だって……」

「あら、そうかしら？　ええ、きっとそうでしょう、でもね春樹さん、今だから言えるけれど、私がここまでやってこられたのは、お父さまに失恋したからですよ！」

「……そんな……」

「いいえ、そうなの、それもお父さまは御存知だったと思いますよ、恋多き女なんて、週刊誌に書かれたことがあったけれど、みんないい加減なウソっぱち！　真実を知ってたのは、あなたの御両親だけ！　きっとお二人が私たちを逢わせてくれたのね。こんな辺ぴな所で……お二人で笑ってる声が聞こえそう……」

「あっ、どうしましたっ？　先生！　三谷先生！　綾先生！」

ふしだら

第一章

壁際の衝立のかげの空席に腰を下ろしたとたん、すぐ気がついた。反対側の窓際のテーブルに、こちらに横顔を見せて坐っている父の姿。背の高さを恐縮したように見えるちょっと猫背の父の横顔。昔、母はこの猫背に哀切なものを感じ、惚れてしまったという。

父の前にはわたしより若く見える女が、裸の肩をそびやかすようにして肘をつき煙草をふかしていた。器用に煙草をはさんでいる爪を染めた指にも神経の通った表情がある。

わたしは一緒に坐ったヒロミに、黙って席を替ってと目で告げた。

鉢植の濃い緑がかげになってこちらの姿を隠せる位置に坐り直して、また二人の姿を見直した。この位置からだと父の顔はほとんど見えず、女の顔が全面的に目に映る。

マニキュアの派手さや目のまわりの濃い化粧がそぐわない子供じみたあどけなさの残った顔をしていた。

「知ってるの?」

わたしの目線を追ってヒロミが落した声で言った。

「うん、ちょっと……見つかるとまずいんだ」

心得たというふうに、ヒロミは椅子をずらし、わたしの体の楯になってくれる。ヒロミは父に会っていない。

二人の前にはほとんど空になったビールのジョッキがあった。女はその他に小さいグラスで濃い酒を呑んでいる。

サラリーマンが気軽に立ち寄れるレストランで、わたしたちはめったに入らない。いつでもこんでいるのと、料理が手抜きだからだ。

食物に格別うるさいおしゃれの父がこんな店にいるのが不思議だった。

うちでは電気釜なんか使わず、昔風のかまどで薪で御飯を炊く。父の趣味で、結婚前からそれが結婚生活の重要な課題の一つに入っていた。よほど父に惚れこんでいた母はそんな条件まで易々と呑みこみ、実際それを実行するのが如何に大変かと身にしみた時は、もうかまどの扱いをすっかり会得していた。

かまどで、大きな釜で炊いたわが家の御飯は、たしかに他所《よそ》の家の御飯とは比べものにならない。

「はじめチョロチョロなかパッパ」

歌うように言いながら母はいつも愉《たの》しそうな顔つきで、かまどの御飯を炊いていた。特製の御飯に合う料理も研究された。

酒好きの父の晩酌は錫《すず》のどうこで燗をすることになっていた。父はほぼ母の手料理に満足していた。晩酌のため長引く父の食事につきあいきれず、わたしと妹の奈々は、さっさと食堂を引きあげる。

夫婦二人になって、ゆっくり父の晩酌の相手をする時が、母の幸福感の絶頂時だったのではないだろうか。

父のいない夜――当代一の売れっ子といわれているエッセイスト藤巻清明は、売れるにつれ出版社から引っ張りだこになり、ホテルや温泉に缶詰にされることが多くなった。最初に当ってベストセラーになったのが旅行記だったことから、今でも旅行記は藤巻清明の表看板で、これはつとめて自分から書こうとしていた。
気がつくと、父のいない晩餐が増えていた。いつ買ったのか、うちの台所に電気釜が白い猫のようにうずくまっていた。

父の留守には、母は手を抜いて、電気釜の御飯を炊いた。

「これでいいじゃん、味だってさあ、どうちがうの」

わたしが思わず言うと、奈々がぷっと吹きだした。でもすぐ首をすくめて、悪そうに母の顔をうかがった。

母も苦笑いをしていた。

「内緒ね、このこと。おとうさんが帰ったら、これ、隠すのよ、一番近くにいた者が、さっと隠すこと」

何事によらず、古風が本物と信じている藤巻清明の面子《めんつ》にかけて、彼の留守宅で、家族が電気釜の御飯を食べているなど、絶対知られてはならなかった。なにしろ、婦人雑誌が取材に来て、うちのかまどと母の手料理が、堂々とグラビアにのったことがあったくらいだもの。

旅先や缶詰先から、父はまめに母に電話をかけてきた。今みたいに、電話の普及していない時だった。母はいつでも全身を耳にして、年中父からの電話を待って聞きもらすまいと、ちょっとした買物にも出たがらなかった。

わたしたちは、そんな両親をベタベタ仲のいい夫婦だと思っていた。

奈々のいない母と二人の時だった。編物の得意な母に頼まれて、わたしは毛糸の束を両手にかけさせられ、母はそれから毛糸をひきだし、手頃の丸い珠に巻いていた。

うんとわたしの小さい頃、まだ暇だったのか、父が座敷に寝そべってうつむいて本を読んでいた。両足を直角に天井に向けてあげ、その足首に毛糸の輪をかけて、母が毛糸珠を作っていたのを見たことがある。

わたしは毛糸を巻いている母に、そのことを言ってみた。

「ああ、そんなこともあったわね。あのころは貧乏だったけど、おとうさん暇でよく本を読んでいたわね」

「なんだかその頃がよかったみたいな口調だね」

「そうでもないけど、今みたいだと、病気にならないかと怖くなる」

「ね、おかあさんは、おとうさんにプロポーズされる前、好きな男っていなかったの」

「……そりゃいたわよ。おとうさんは大学時代からアルバイトで社に来て、卒業して間もなく求婚してきたのよ。私は二十九になってたから」

「おとうさんより六つ上なんだ、それで、その人のこともちろんおとうさん知ってた？」

「会社じゅうの人が知ってたから。専務の息子で優秀な人だった。専務は社長の弟よ」

「へぇ……なんでまた、そんな玉の輿振っておとうさんだったの」

「だって……おとうさん、そりゃ強引だったし……」

「強引なだけ？」

「今もまあまあだけど、その頃ほんとに魅力があった」

「へぇ、ごちそうさま」

「それで結局、ふたりしてやめたの」

「大恋愛だ！」

「親をからかうもんじゃないよ」

「でも嬉しそうな顔してる」

「もう」

「でも、はじめからおとうさん売れたわけではなかったでしょ」

「私が他の小さな会社、二つかけもちして働いたから」

「おとうさんヒモになったわけ？」

「まあね」

父はたしかに格好いいけど、母だって結構いい女だ。黙っていたら父より六つも年上だなんて誰も思わないだろう。小柄だし、丸顔のせいか、ずっと若く見える。職をかけてまで若い時の父が夢中になったのも頷ける。

要するにあの女があらわれるまでは。


突然、おだやかな空気を破ってもののこわれる音がひびいた。

父と同席の女が突っ立ち血相を変えて、次々テーブルのグラスを父めがけて投げつけている。父が立ってそれを止めようとしている。

店員が二、三人駆けよっていく。

客は総立になって、この騒動の行方を見届けようとしている。

父は頭から水かビールをかぶっているし、頬にも何か硝子《ガラス》のかけらでも当ったらしく血が流れている。

女は目が吊り上り、蒼白になって何かわめいている。全く気が狂っている有様だ。

見かねて、ヒロミをうながし店を出た。とても見ていられる図ではなかった。

「醜い女ね」

ヒロミが店の外へ出て高ぶった口調で言う。

「ヒステリーよ」

わたしが吐き出すように言った。

「つれの男、気の毒やん、紳士みたいやのに」

ヒロミがわたしの父と気づいていないのでほっとした。

気分直しに呑みに行こうかというヒロミと別れ、まっ直ぐ家へ帰った。


食堂の椅子で編物をしていた母が、黙って入っていったわたしの気配に気がつき、びくっとして顔をあげた。その目に涙が残っていて目のまわりが赤くなっている。それに気づかないふりをして、母に背を向けコーヒーをいれはじめた。わたしと奈々が生まれて育った西荻窪の家から、世田谷のこの家に移ったのは二年前の秋だった。

母の女子大からの友人の千田さんの口利きで、売地になっていたこの土地が手に入った。ずっと家を建てる夢を抱き続け、眠る間も惜しんで仕事をしたり、講演にかけまわったりしてお金を貯めていた父が、ついに念願の自分の家を建てたのだった。

かまどや井戸のある京都の町屋風の台所の横に、硝子ばりの明るい現代式の食堂が続いているという思いきってわがままな設計の家だった。庭を広くとりたいという父の意向で、三階建にして、わたしと妹の部屋は三階になった。三階には父の資料室もあった。二階が父の書斎と両親の寝室だった。一階が応接間と居間と食堂になっていた。これまでの家より三倍も広くてモダンなデザインの家に家族みんなで有頂天になった。

「おとうさんって、見かけより実力あるのね」

というわたしをたしなめて、母はちょっと得意そうな表情で言った。

「おとうさんの才能を最初に発見したのは私よ」

父はお手伝いの部屋も忘れなかったが、母は他人を家に入れたくないと、昼間だけパートで働きたがる通いの人を見つけてきた。

通いのお手伝いの橋本和子さんは万事ひかえ目に見えるが、芯のしっかりした人（母の批評）だった。

どういう事情でか、母子家庭で、男の子を一人で育てあげたという。

いつでも長いまつ毛を伏せてあまり人の顔を見ないが、何かの拍子に目をあげると、濃く長いまつ毛が音をたてそうな感じで、はっとするほど黒目のきれいな人だ。

掃除が丁寧で、何をしても手を抜かない上に、料理も好きで上手なので、母はすっかり気に入っていた。

うちではみんなが「はしもとさん」と呼んでいた。

橋本さんの一人息子の哲也とわたしがトクベツの仲になっていることに、うちじゅう誰も気づいていない。でも、もしかしたら橋本和子さんの黒い瞳だけは見抜いているのではないかと思うことがあった。

哲也は、

「そんなことはない、あれで、ぽかっと抜けてるところがあるんだ。オレと自分のことだけが全世界で、他のことにはぜんぜん無関心だから」

「だって、哲也とわたしのことは、哲也自身の問題じゃないの？」

「あ、そっか」

哲也は全く他人事のように笑いとばしてしまった。哲也が何をしても、すべてを受けいれて許すのが母だと言いたそうな口ぶりだった。

「中学の時、友だちと面白がって万引したことがあった。文庫本とか、文房具とか、つまんないものばっかしよ」

「そうなんだ」

「美々もやった?」

「うん、ちょっとだけ、あれって一種のつきあいだから」

「捕まらなかった?」

「だって、二回くらいだもん」

「オレ、やられちゃった。一緒の友だちがドン臭いやつで、逃げ足もおそいし、まごまごするから。それでも初犯だっていうんで、学校があやまってすんだけど、おかあさんも校長に呼びつけられて、怒られた」

「そういうこと」

「その時だって、うちへ帰ってから一言も文句言わないんだよ。かえって気味が悪くて。そんなバカなこと、もうしないと思った」

「女のことは?」

「女?」

「女の子とつきあって、いろいろあったでしょ」

「オレ、女の子は美々がはじめてだもん」

「ウッソー!」

わたしの奇声よりも大きな笑い声をあげて、哲也は軽々とわたしを抱きあげる。

わたしは哲也がはじめてではない。中学二年の夏休み、サッカー部の大杉修二とそういうことになったが、翌春、修二は卒業と同時に父親の赴任でニューヨークに行ってしまったので、それっきりだった。

修二は根っからの体育系で、本など全く興味がなかった。父の影響か、資質の遺伝か、わたしは子供の時から本大好きだったので、修二と話が全く合わなかった。

それでも男と女は言葉はなくても体で語りあえることを、わたしは修二から教わった。

哲也とは、逢うほど話すほど、気心が合うのがわかってきた。好きなものも、嫌いなものも、申し合せたように同じだった。

好きな音楽も、本も、芸能人も、テレビの番組まで意見が一致した。

時々、あんまり同じ趣味なのに気がついて、お互い同時に吹きだすことさえあった。

わたしは読むのは好きだけれど、父の生活を見ているので、もの書きにだけはなりたくなかった。夜も寝ないで、心血を注いで書いても、読者にどれほど理解してもらえるかわからない。読者は浮気で飽きっぽい。飽きられないため、次から次へ苦心して新しいことを考えつかなければならない。自分の心を新鮮にするため、しなくてもいいアバンチュールにも手を出す。

どうしてこんなことを思いつくのか。今日、レストランで見た父とあのヒステリー女の醜態が目の裏にしつこい汚れのようにこびりついて取れない。


こちらに背を向けて流しの前に立っている母が、不意に太いため息を吐き出した。そのとたん、自分でそのことに気づいたとみえ、母はひどくあわてて、首だけねじ向けわたしの方をうかがった。

「どうしたの、そのため息、聞いちゃった」

わざとわたしは軽く明るい調子でからかうように言った。

「この家ね、やっぱり家相が悪いんじゃないかしら。考えてごらん、ここへ越してからろくなこと起こらない。奈々が暴走族みたいな車に当てられて脚の大ケガしたでしょ」

「……」

「青森のおばあちゃまがうちへ来てる時、死んじゃったでしょ」

「でも、あの時、おばあちゃまが長生きしすぎて、すっかり呆けてきてたから、死んでよかったっておかあさん言ってたじゃん」

「ま、そういう面もあったけどさ、やっぱり人が死ぬのは悲しい……不吉なことでしょ」

「そういえばみんなで可愛がってた猫のぺぺも死んだわね」

「猫は家につくものなのよ。生まれてすぐ西荻の家に貰われてきて育ったから、ここに最後までなじまなかったのね。何度も逃げだして、だんだん弱っていって」

「おとうさんが一番泣いたのよ、あの時。びっくりしたわ」

「あの人は芯がやさしいから、美々よりずっとデリケートなのよ」

「ふうん」

わたしはあのレストランの醜態をまたしてもまざまざと思い出した。あんな女をあれほど増長させている男を、やっぱり芯がやさしいというのだろうか。

母の坐っていた椅子の上に、もう八分通り編み上った薄いベージュ色のカーディガンが、長い編針をつけたまま、無造作に置かれている。

英国製の毛糸の極細で編むから、それはなかなかはかどらない。長く暑かった夏が行き、ようやく訪れた秋のはじめだけに着る、おしゃれなカーディガンなのだ。

こんな手のかかる品を今時作る人間なんていない。だからこのカーディガンは、世界で唯一の特製品なのだ。そういうもので自分の夫を飾りたい、包みこみたい母の一途ないじらしさに、わたしはちょっと胸が熱くなった。が、それほど心を傾けきって愛し、尽しても、男は平気で別の女と浮気するものだと思うと、母が可哀そうになった。せめて母が気づくまで、わたしはあくまで知らなかったことにするのが、母への唯一の礼儀だと思った。

「実はね、和島さんにこの間、この家診てもらったのよ」

母はちょっと物々しい声になっていった。

和島さんとは、昨年あたりから母が親しくしているお金持ちの未亡人で、占いや霊媒に凝っている。有名だというその道の権威と懇意にしていて、友人になったら、片っ端から、その大先生の許に案内していくのが趣味のようだ。

今では、自分にも霊界が見え出したなどといいだしている。父もわたしもそんなうさん臭い人間は大きらいなので、母にそのことでいつも辛く当っている。それでも母は、「そんなに悪い人じゃないのよ。それにそのことでお金儲けしようとはしていないのだから」

とかばって、そのつきあいをやめようとはしないのだった。

和島さんの診たてによれば、この家は主人が居つかなくなる家相だという。

和島さんにずばりと図星をさされて、母はぐうの音も出なかったらしい。

たしかに父はあれほど情熱をこめてこの家を建てておきながら、出来上がり、引越して以来、インドへの取材とか、シルクロードを歩く旅とか、遠出のプランばかりを引き受けてしまうのだった。

父が留守のせいで、うちのかまどは大方火が消えていた。

「悪いことも、いいことも束になって来るって、何かで読んだことがある。たまたま、そういうことが続いたのも偶然よ」

「美々はおとうさんに似て、占いなんか嫌いだから」

「おかあさんだって、迷信はバカにしてたじゃないの」

「占いと迷信とはちがうのよ」

「わかった。その話はよしとしましょう。でもどこかのお砂とか貰ってきて、わたしたちの背中にふりかけたり、そっと靴の中に入れたりするのはよしてよね。気味が悪いから」

「知ってたの」

「当り前じゃないの……ね、当ててみようか。和島さんは、この家は主人に女難の災厄が訪れるっていったんでしょ」

「美々、どうして知ってるの、それを」

「わたしの方が和島さんより予知能力強いんだから」

母は目をまるくして、ほんとうにそれを信じたそうな表情になる。全く他愛ない。あれほど万事に冷静で、理性的だった母はどこに消えてしまったのだろう。

「ね、おかあさん、病院へ行ったら？　軽いウツ病みたい。早い方が治りやすいよ」

「美々はどうして、急にそんなしっかりした口をきくようになったのかしら」

「親が頼りないと、子供は自己防衛力が自然に備わって、しっかりせざるを得なくなるんじゃない？」

母はまた大きなため息をついた。母が一つため息をつく度、一つ年をとっていくような気がして、とても不憫な感じになる。

「その、ため息やめようよ。ババ臭くなるよ」

「ため息？」

「あ、自分じゃ気がついてないのね。この頃よく、ふぇーって、とても大きなため息ついてるよ」

「いやぁね」

「ったく」

わたしは、冷蔵庫からビールを取り出し、コップを二つ並べて、母にも注いだ。未成年は呑んじゃだめ、などもう言われなくなっている。素直な奈々はうちの中でただ一人の下戸だ。

父は秘蔵っ子の奈々を「うちの天使」と呼んでいる。さしずめわたしは悪魔という役割で、いつでも不良呼ばわりされている。

「美々の毒気で奈々が汚されやしないかと心配だよ」

なんて、わたしに面と向かって言うんだから、わたしはうちでは堂々と不良ぶってあげる。

母はコップのビールを一気に呑みきった。思わず拍手してあげたくなるような豪勢な呑みっぷりだった。すかさず空になったコップにまたなみなみとビールを注いであげる。

「ほんとはワインがいいんでしょ」

と言うと、にやっと笑ってすっと立ち上がり、ワインセラーの中からボルドーの赤ワインを取り出し、卓上にとんと置いた。わたしはその間にワイングラスを二つ取り出して置く。

生ハムや各種のチーズや、オリーブの実、にんにくのくん製などが次々冷蔵庫から運び出される。みんな父の好物ばかりだ。何時、どこからともなく父が帰ってきても、その場で酒宴が開ける用意万端怠りなしという構えだ。

「乾杯！」

とグラスをかちんこして、二人は顎をつきだしてワインを一口呑んだ。

その時、またあのレストランの惨憺たる場面が目の中を横ぎった。

——可哀そうなおかあさん——

そう言って目の前の小ちゃな薄い肩をひきよせ、抱きしめてあげたくなった。

何かこの人を喜ばす言葉はないかと思った瞬間、わたしはあれだと心に決め、

「おかあさん」

と改まって呼びかけた。

「びっくりしないでね。わたしね、宮武監督の映画の主役のオーディションに残っちゃったの、五人最後に残ってて、その中から一人選ばれるのよ」

ワイングラスを宙に握りしめたまま、母はびっくりのあまり、全身を硬直させていた。

やっと出した声が別人のようにかすれていた。

「からかってるの？」

「ホント、ホントの話、最後に一人選ばれるまで、黙ってるつもりだったんだけど、あんまり、おかあさんがウツっぽいから景気づけに喋っちゃった」

「すっごい！　おめでとう！　乾杯！」

二人がまたかちんこした瞬間、食堂のドアがばたんと開き、あらわれたのは父だった。ガチャンと音をたてて母の手からワイングラスがすべり落ちた。

頭から顔半分を白い包帯でぐるぐる巻きにされ、左腕を曲げ、首から三角巾で吊っている。めがねがなかった。

「ど、どうなさったの」

母はその場に体が硬直して動けない。

「暴走してきた車にやられた」

奈々がそんな目にあったことがあるから、思いつきの嘘だとわたしは思った。レストランで、まだあの女が暴れて、取りおさえられるまでに、ここまで怪我が大きくなったにちがいない。警察も呼ばれたかもしれない。今夜のテレビのニュースに出るかもしれない。

「とにかく、早く休んで下さい」

急にしゃきっとした本来の聡明な母に、いや妻に立ち戻っていた。

「それより、何か飲ませてくれ、腹も減ってる」

そりゃ、そうだろう。あそこでは食べるどころじゃなかったもの。

父ははじめてわたしの視線に気がついたふうに、包帯のかげから、わたしの顔をまじまじと見つめた。

「美々、今日昼すぎどこにいた？」

「昼すぎ？」

「午後一時前だ」

「ああ、ヒロミと渋谷にいたわ」

「そのシャツで？」

「ええ、そうよ」

まだ父の目はわたしのまっ黄色のシャツから視線を外さない。やっと気づく。このひまわり色はわたしの好きな色で、このシャツの黄色は特に鮮やかで目立ちやすい。バーゲンの山盛りの品の中から見つけた時、三枚あさって買ってきたのだ。

たぶん、あのレストランを逃げだす時、父の目の隅にこの色が映ったのかもしれない。

父のシャツの左の胸に、血の跡が飛んでいて、それを応急で洗ったか拭いたかしても、跡が取れないで、薄汚くしみが浮いている。

久しぶりに間近で見ると、父も老けたなと思う。自他ともに認めるハンサムだったけど、過剰な仕事量の疲れか、あの女との情事に疲れ果てているせいか、苦労が多いのだろう。どっちも自業自得だから同情することはないのだけれど、こんなことしてればある日、ポキッと、枝が折れるように死ぬんじゃないかと、ちょっと不吉な予感がした。

父は卓上のワインを、残っているわたしのグラスに、自分の自由な片手で注ぎ、口もとに運ぼうとした。

「それって、怪我に悪いんじゃない?」

わたしの言葉にギョッとしたらしく、父は恨めしそうな表情で、グラスを卓上に戻した。

わたしは冷えた緑茶をグラスに注ぎ、父に渡した。

母が戻ってきた。まだ緊張のとけない口調で父に告げる。

「増川先生に電話したら、頭の方もMRIで調べた方がいいから、すぐ来るようにって」

「そんなこと勝手にして、誰が行くもんか」

子供が駄々をこねるようにむくれかえっている。母は泣きそうになって、

「だって、後遺症でも出れば困るでしょう。どこに当ってるかわからないじゃありませんか。頭の傷だって、そんなに大げさに……」

「何だと、大げさとは何だ！」

父が動く方の手で、ぱっと卓上を払った。脚の細いワイングラスやビールを呑んだコップや、おつまみの残った白い皿が、ガチャン、ガチャンと派手な音をたてて床に払い落された。ちゃぶ台なら、ひっくり返したところだろう。

母が青くなって、立ちすくんだ。これまでそんな乱暴なことをしたことのない夫を、不気味な怪獣でも見るように、目を見張って見つめている。

甘えているのだとわたしは思う。持ってゆき場のない鬱憤を、寛容な母にぶちまけているだけなのだ。

わたしはその場から消えるべく、さっさと自分の部屋に引きあげた。

母一人に出迎えてもらいたかった父の今日の気持は充分察せられた。

階段の途中で電話が鳴った。

哲也の声がひびきわたる。

「バイトの金が入ったから出てこられる？」

「了解！　どこで？」

「ルパンで待ってる。すぐ出られる？」

「すぐ行く」

自分の部屋で、大急ぎで支度する。汗臭い服を着がえ、今夜は帰らないかもと、下着と化粧ポーチを入れる。


哲也は建物ばかり撮っているその道の巨匠の井村浩太郎に、つてが出来て気に入られ、助手の見習いのようなことをしている。

仙人のような風貌の井村は浮世離れしていて、哲也はすっかりその人柄に傾倒している。それでもカメラマンになる決心はついていない。

井村もそういうことは一切すすめない。金銭に淡白で、普通のアルバイトより、ずっとペイがいいのだそうだ。ここ十日ほど哲也は井村の仕事のお供をして京都へ出張していたのだ。

ルパンのいつもの席に哲也がいた。

人がいなければ、飛びつきたいほど懐かしい。こんなに好きになってしまっていいのかなど、一瞬、自分の気持にとまどってしまう。

「逢いたかった」

「オレも」

顔を見合わせただけで幸せな気持が湯のように心に湧く。幸せってあったかいんだな。テーブルの下で哲也の脚が伸び、わたしの脚にからめてくる。卓の上ではわたしの指が哲也の指をしっかりと握りしめている。

「腹減ってる？」

「うん」

「そうか……」

「どうしたの」

「飯食う前に、オレ、美々が食べたい」

わたしに向けられた哲也の大きな目の中に、きらきらした情欲があふれていた。

彼の掌を両手で強くはさみながら囁いた。

「わたしもよ」

第二章

ほんとうに智江には申しわけないと思う。誰が見たって目に見えてやせてきたし、めっきり老けてしまった。といってもまだほんとうの年よりは若く見えるけれど、横を向いた時なんか首の皺が目立って可哀そうだ。口のまわりの小皺には自分では気づいていないらしい。あんなに美しい白い歯が輝いていた口もと美人の智江だったのに。歯は年と共に黄色くなっている。

今にして思えば、おれは智江を不幸にしてきた元凶そのものなのだ。おれが智江に向う見ずなちょっかいを出さなければ、智江は約束通りの玉の輿に乗って、今頃は社長夫人で楽をしていられたのに。

結婚はしていなかったけれど、あの時二人はすでに夫婦も同然だった。身内に次々病人が出たり、葬式が続いて、何となく婚約期間が長引いていただけだ。

智江の婚約者だった専務の息子は、子供のない社長が死んだ後、その弟、つまり専務が脳梗塞で倒れて、自然に社長の椅子がまわってきた。彼は結構やり手で、この出版不況の中で次々ベストセラーのヒットを飛ばして、他社を羨《うらや》ましがらせている。

あの社のことは、暗黙のうちに夫婦間の話題にしないで暮してきた。

智江の方がほんとうは書く才能だっておれよりあったのに、おれと結婚したばっかりに、その芽もつんでしまった。いや、おれがこの手でつんでしまったのだ。

おれは、学生時代にアルバイトであの社に入って、廊下で智江に出会った瞬間から、雷に打たれたように恋に落ちた。

中学時代から女にはもてて、女から告白ばかりされ続けていたから、どこかで女を甘く見下していた。

自分より年下の女の子にはおよそ興味がなかった。

未亡人の数学の教師に憧れて、急に数学に熱心になり、成績が突然に上って目を見張ってくれた先生から好意を持たれてきたと信じ、ラブレターを先生の靴の中に入れたことがある。

翌日、授業のあとで残れと言われたのでしめたと思ったら、いきなり黒板ふきで顔を叩かれてしまった。

「何を勘違いしてるの。公《おおやけ》にしたら退学ですよ」

睨みつけられて、その顔は百年の恋もさめはてるような怖いものだった。

それでも、それ以来、やはり年上の女に魅力を感じていた。

智江はおれより六つ年上だった。

あの頃、おれは智江の会社でのスケジュールを綿密に調べあげて、彼女の通る廊下の角々に待ちぶせしては、恋文を渡し続けた。

「好きです。

愛してます。

させて下さい。」

最初、少し面白がった表情でつい受け取ってしまった智江は、中味を見たあとでは、二度と受け取るまいとした。おれも手紙を取りもどそうとはしないので手紙は廊下に落ちる。中味を人に見られたくないばかりに、智江はそれを舌打ちしながらも拾うしかなかった。あて名だけははっきり書いてあるので、他人に拾われて誤解を受けるのはたまらないからだ。


半年後、とうとう智江はおれの腕の中で泣き崩れた。

結婚してみたら期待以上に、智江は申し分のない嫁だった。

彼女の幸福な未来をこわした以上、絶対に幸福にしてみせようと自分の心に誓った。

智江とハネムーンのつもりで出かけた貧乏旅行は、ソ連領のシルクロードだった。

トルファン、ウルムチを通って、ソ連領のシルクロードを歩く旅行記がバカ当りして、信じられないほど版を重ねた。一躍名声と富が舞いこんできた。

正直なところ、自分一人ではとてもあれだけの成果は一挙におさめられない。一緒に歩いた智江が、綿密な調査と構成をした上、カメラにもおさめ、文章まで手を入れてくれた。その地方の伝説や古謡まで調べあげてくれたのが魅力だったのだ。

共著にしようといった時、智江は、

「だめ、そんなこと。それでなくても、これは相当いい気なおのろけ紀行文なのよ。本気で嫉《や》かれたら、誰も読んでくれない。あくまであなた一人の本で売り出すのよ」

と言い張った。長い編集者生活の実績と経験から出た智江の判断だった。

そしてまさにその判断は当ったのだ。

それ以来、少なくともおれの本の印税と、月々の原稿料の収入と、次第に増えてくる講演料で暮してきた。

結婚後長い間、気配もなかったはじめての子の美々が生まれ、すぐ続いて奈々が生まれた。高齢出産で心配したけれど、智江は母になってかえって若くなり、洗ったように美しくなった。

おれは時々、編集者とのつきあいで酔っぱらって、はめを外すことはあっても、智江以外の女と面倒を起こしたこともなかった。

一緒に暮してみると案外古風で気むずかしいおれの奇癖のすべてを、智江は笑って呑みこんでくれた。わが家に不幸が訪れることなど考えられなかった。あの女があらわれるまでは。

西尾はな子が北海道から上京してきたのは十七歳の春だった。四月二十八日。なぜ年もその日まで覚えているかといえば、その日が美々の十六歳の誕生日だったからだ。

子供の誕生日だけは家にいて祝ってやって下さいというのが、結婚生活でただ一つだけ条件をつけた智江の願望だった。さすがに今ではアシスタントの前川を雇っているが、奈々が小学校に上がるまでは、智江が全面的に秘書役になって、出版社との契約から、仕事のスケジュールから講演の日取りまで決めていた。そのため、子供の誕生日に家で過ごせるよう、おれのスケジュールをあらかじめ調整することは可能だったのだ。

薪で飯を炊かせたり、手料理の酒のつまみを要求したり、結構うるさいわがままの全部を受けいれさせてきた返礼に、家族の誕生日くらいは家庭の祝宴に揃うことにしていた。

その日は評論家の川岸三郎との対談が入っていた。

相手も超売れっ子の評論家で、何かにつけライバル同士と見られる二人の対談の実現は、時間の調整が難しく、何度も予定変更の果てに、ようやく決まったものだった。

「ふしだらのすすめ」という人を食った題をつけたのは、艶福家の川岸三郎であった。彼は今、これまでの女の中で最も若い女と、何度めかの結婚をしたばかりだった。何でも結婚を発表した時、女の腹にはすでに六ヵ月の胎児が宿っていたという。仰々しく記事にしたどの週刊誌も、二人の仲が長続きするなど思っていなかった。

結婚と離婚を繰り返す川岸三郎と、年上の妻を一人守り続けて、噂になるような色事のスキャンダルを起こさないおれとの組合せで、結婚や恋愛について互いの本音を吐かせようという見えすいた企画だった。

その朝は金沢の講演の帰りで、うちに寄らずまっ直ぐ出版社へ行ってそこの応接室で川岸と対談することになっていた。

社の玄関に入ると、受付の外におれの係りの編集者の佐藤治が、珍しく仏頂面をして突っ立っていた。その表情の険しさに、一瞬、おれは時間をまちがえて遅れたのかとひるんだほどだった。

「先生！　ちょっと」

佐藤は、ろくに挨拶もせず、おれの腕を引っ張らんばかりにして、廊下の階段の裏につれこんだ。

「例の帯広の女が出て来たんですよ。今、社にいます」

「ええ？　西尾はな子が？」

「そうです、西尾はな子です」

佐藤は投げやりな、腹立たしそうな口調で言う。その社の出している女性週刊誌に身の上相談の頁《ページ》があり、若い女の読者に人気があるという理由で、その頁を持たされた。金は欲しかったが、女の身の上相談の回答者になるほど落ちぶれたくはないと断った。しかし編集長は引き下がらない。

「そんなにバカにしたものでもありませんよ。最近の相談は、レベルが高くなっていて、文章もいいし、中には小説のネタにしたいようなのもありますよ。全国から質問が集まるから、思いがけない地方色が出ていて意外性もあります。それに、今は外国からも質問がどんどんきます」

何とかねばって、あれこれおれの気を引こうとする。

結局、編集長の口車にのせられて押しきられてしまった。質問は予想以上に集まり、編集部で考えていたより、中年以上の女性層が圧倒的だった。それでも号を追う毎に十代から三十代までの若い層もどんどん増えていった。

編集部であらかじめ選んだ質問だけをまわしてくるので、一応、文章も整っているし、内容も結構面白かった。好奇心をそそられて、いつの間にかおれの返答も熱が入っていた。

西尾はな子は、ほとんど毎日ハガキに詩のような短い言葉を書きつけて送って来た。「相談の頁」に投書して来るから編集部は無視も出来ず、おれにまわしてきた。

「こういうのは頭がいかれてるんですよ。春や秋の気候の変わり目には特に増えます。お見せする必要もないと思ったのですが、ちょっと気になるので一応見ていただこうと思って」

若い佐藤は、ひそかに同人雑誌で小説を書いているような文学青年なので、若い女の投書は丁寧に読むし興味も持っている。

「去年の今日、わたしは海で死にかけました。死ぬのに失敗しても、死にたい病は治らず、その後二度、リストカットしました。それも失敗。今も死にたいです。死に方教えて下さい。はな子」

毎日届くハガキに大同小異の文面がつづられている。

最近は、すべて回答者のおれへの手紙様式になってきた。

「愛する藤巻先生！　先生の本は図書館でゼーンブ読んでいます。うちは超貧乏なので本も雑誌も買えません。エッセイや評論ばかりでなく、小説も書いてください。きっとすてきだと思います。はな子」

いつから藤巻の上に「愛する」がつきだしたのか覚えていない。この頃ではハートが三つも五つも並んでいることもある。

「（ハート五つ）藤巻先生！　助けて！　はな子は、バイト先の店長にレイプされかけました。だけどそこをやめたくはないんです」

かと思うとハガキいっぱいに「好き」と「ラブ」という字を隙間もなく書きつけてきたりする。一日に三通も続けて送られてきたりする。

字はきれいで、今時の若い子のダンゴのような文字ではなく、お習字でも習ったような清潔な字だ。貧乏ということも、自殺癖のあることも、すべて作り話かもしれない。

念のため、佐藤が新刊案内の会社のＰＲハガキを送ってみたら、住所はその通りらしく返ってこなかったという。

「電話も一応かけてみました。誰も出ないけれど、ちゃんとかかっていましたから、住所や電話は嘘ではなさそうです」

「他人の住所かもしれない」

「でも、それじゃ、こちらから正式に先生の返事が行ったら困るでしょう」

「そうか、そりゃそうだね」

そんな一方的な心配はしていたものの、他の投書者ばかり採用して、西尾はな子には一度も採用の通知を出したことはなかったのだ。

「いきなり受付でぼくの名前を言って、取りついでくれと言ったそうですよ。堂々として悪びれていなかったので、何の疑いもなく、用件も聞かずに、受付はぼくを呼び出したわけです」

「うん、それで」

「受付からいきなり西尾さんがお見えになりましたと呼び出しですよ。まさかあの西尾はな子とは思いつきませんでしたよ。何の気もなく玄関まで出てみたら、セーラー服の女の子が青い顔をして立っていたんです」

「美形？」

「フツーじゃないですか。セーラー服はくたびれてるし、髪は長いのをおさげにしてるし、田舎臭い子ですよ」

「中学生？」

「高校二年じゃなかったかな、たしか十七だったたから」

「じゃ、うちの上の子より一つ年上だね」

「ぜーんぜん比べものになりませんよ。美々ちゃんはどこにいても人をふりむかせる華がありますからね。年よりずっと大人っぽく見えますすよ」

「まるでネンネのわからずやだよ」

「いや、すでに色気があります」

「美々はこんな熱烈なかくれファンを持ってるなんて幸せなやつだな」

冗談のつもりで何気なく言ったのに、突然、佐藤の顔が赤くなったのでびっくりした。

佐藤は自分の照れ臭さを隠そうとして、いっそう冗舌になってしまった。

「先生は近すぎてかえって見えないんですよ。美々ちゃんは凄い才能があります。もしかしたら先生以上の」

「おいおい、どうしちゃったの。美々に何の才能があるっていうの。文才かい？」

「すみません。つい何か興奮しちゃって、脱線しました。忘れて下さい。美々ちゃんに話さないで下さい。あっ、それより西尾はな子の始末です」

「そうだよ。とにかくおれが会うしかないね。ところで対談の終了時間が」

という言葉が途中で中断された。

廊下に編集者の上田頼子の姿が降って湧いたようにあらわれた。

「大変です。お茶の水で川岸先生の車が交通事故に遭って、先生が病院に運ばれたんです」

「それは大変だ、対談は中止だな」

「すみません、とにかく今から、編集長とわたしで病院へ行ってきます」

「ぼくも行きます」

佐藤が上ずった声で言う。

「いいえ、佐藤さんは藤巻先生をお送りしなきゃ、それに読者の女の子が来てるでしょ。その世話もあります」

上田は女性ながら、勤務歴も長く副編集長で、佐藤の上司である。

そこへネクタイを結び直しながら編集長の塚本勝夫があらわれた。

「藤巻先生すみません。お聞きの通りのハプニングで、今日の対談は中止にしていただきます」

「もちろん。おれも見舞った方が……」

「いいえ、それには及びません。病院からまた様子をお知らせしますから。今日はどうぞお引きとり下さい。たしか夕方からお宅のお祝いパーティの御予定だったでしょう」

よく気のつく編集長とは旧《ふる》いつきあいなので、家庭のこともすべて知られている。元はおれも智江もこの社の同僚だったわけだから旧い親戚のような関係だ。

おれたち夫婦の大恋愛のいきさつもすっかり知っているし、なかなかおれたち夫婦に子供の生まれなかった時、心配して、京都の寺に二人で手をつないでまたげば必ず子供の授かる「子またぎの石」というのがあるから行けといったのも塚本である。もちろん、その頃は塚本も何の役もつかぬ平の社員だった。

そんな迷信におれはともかく、理智的でならしていた智江が乗る筈もない。ところがその話のあとですぐ美々を智江が妊《みごも》ったことから、二人で石をまたいだと面白おかしくいいふらしたのも塚本勝夫だった。その話はもはや伝説になっている。

そんな塚本だから、わが家の誕生日パーティの習慣も知っているし、二、三度、会に参加してくれたこともある。

塚本は佐藤に、

「北海道の女の子が来ていたね。金もなさそうだから、社の茜荘《あかねそう》に泊めた方がいい。寮母のそめさんにはもう、電話で頼んであるから、つれていっていいよ。明日、ぼくも面会して、親にも伝えよう」

てきぱき指示しておいて、二人は社の車で出かけてしまった。

茜荘というのは、社のビルの裏にある、元の社長の住居だった和式の建物で、遅筆の作家に原稿を書かせるため缶詰にする寮として使用している。料理のうまい夫婦者が泊りこんで管理している。

そこへ西尾はな子を泊めるという案である。

「対談がなくなったから、おれも少し時間が空いた。その間、会って話してもいいよ。きみ一人だと荷が重いだろう」

「そうしていただければ」

佐藤はほっとした顔色になった。


応接室でアルバイトの女子大生に付き添われて雑誌など見ていた西尾はな子が、おれたちの足音に顔をあげた。二本の長いおさげが、その拍子にはねるように動いて肩から胸に落ちた。前髪を眉の上に切り揃えているので、年よりあどけなく見える。

一重瞼の切れ長の目が心持ち吊り上っているのと、鼻筋がすっきり通っているのが美点で、何となくまとまりのない顔の造作がかえって気にかかり、つい見つめてしまった。はな子はおれの視線をどう感じたのか、血の気のない蒼白な顔を硬《こわ》ばらせて睨みかえすようにおれの顔を見あげた。その時、心持ち斜視なのに気がついた。

顔の中で一番少女らしくふっくらとしているのが唇だった。口紅などつけていないのに、ピンク色の厚い唇が、美味しい果物のように見えた。

「二人で話させてくれないか」

おれに言われて佐藤とアルバイトの娘は部屋を出て行った。

二人になって、西尾はな子はさっと湯でもかけられたように白い顔を染めあげた。堅く揃えた膝頭が震えてくるのを、掌で必死に押えようとしている。その様子がおれの目には思いがけなく可憐に見えた。

「うちの人には黙って出てきたの？」

おれはうちの娘たちに話す口調で聞いていた。

はな子は無言のまま、頷いた。

「それじゃ、まず家に知らせなきゃあ。心配されてるよ」

「心配……なんか……してません」

怒ったような声で言う。低い娘らしくない声だった。

「どうして？　親は子供が無断で家出したら、心配するに決まってるよ」

「うちの親はちがいます」

「どうちがう？」

「わたしは母の連れ子です。今の父との間に母は男の子と女の子を産んでいます」

「きみの弟妹だ」

「わたしはいらない子です。母は内心そう思っています」

「ひがみだよ、きみの」

「ひがみじゃありません。それに……」

「……」

「義父はわたしに悪さをします」

「悪さ?」

「母にするようなことを……」

「いつから」

「小学校に上がった頃から……」

「おかあさんは知らないの」

「知ってます。いいつけました。でも、母はそれ以来、わたしに暴力をふるうようになって」

はな子は耐えられないように顔を両手でおおった。その細い指の間から涙がじわじわあふれ出してくる。美々や奈々の泣き顔や泣く姿を数えきれないほど見てきたが、二人とも、声をあげて泣く時は、自己主張が認められず、欲するものが手に入らない時の口惜しさや、自尊心が傷つけられたと思う時なので、泣いていない時よりも全身に力がみなぎり、たくましく見えたりする。

こんな可憐ないじらしい泣き方は見せない。

「荷物は？」

おれの質問にびっくりしたように掌を顔から離し、足許に置いてあった古めかしいボストンバッグを両手で持ちあげてみせた。

金は一万八千七百円しか持っていなかった。

手当たり次第にアルバイトをして貯めた金だと言う。この他旅費もかかったわけだ。おれはこの金を母の財布から引き出すはな子の姿をこの目で見たような錯覚を、当然のように受けいれていた。

この初対面の時、いじらしくて可哀そうだと思ったことが、その後の長い地獄の日々を招く原因になるとは、その時点では夢にも想像しなかった。

西尾はな子を佐藤と一緒に茜荘へ預けてから家に帰った。

家ではもう美々の誕生日の祝宴の支度がすっかり出来上がっていた。

あるだけの蠟燭を点けて、あるだけの花瓶に花がつめこまれている。

天井にはテープが縦横に張りめぐらされて、テープにはちかちかと電燈が光っている。

「なんだか趣味が悪くて落ち着かないね」

「ほんとにおとうさんて正直なんだから……そんなにほんとのことばっかり言うから女にもてないのよ。そんなにイケメンなのに」

「何だって、親を侮辱する気か？　これで結構もててるんだ。今度のニューフェイスなんか美々と同じくらいの若い子だぞ」

「ヒェーッ！　ほんと？　そんなのあり？　信じらんないな」

料理は美々の好物の中華だった。北京《ペキン》風の中華料理は、智江の得意中の得意の絶品だった。

紹興酒は二十年もの。今日のために智江が押入れ深く隠しておいたもの。

前菜はフルーツ仕立。これもうちの女たちの大好物。パイナップル、キウイ、マンゴー、りんご、いちご、ぶどうにカシューナッツを砕いたものをかけてある。その中に焼き豚とくらげがたっぷり入り、見た目にも美味そうに大皿に盛りつける。それがテーブルの中心に最初に出されただけで祝杯をあげたくなる。

フカヒレの姿煮はおれの好物なので、わざわざ気仙沼から取り寄せたもの。スープはフカヒレに蟹肉入り。

水餃子はわが家の得意料理。市販のものより二十倍美味しいとの自慢品。花にらといかの炒めもの、ピータンと黄にらの炒めものは、美々の大好物。春巻きは奈々の好物。

テーブルに並べきれないので、補助机を出して部屋いっぱいにひろげる。

みんなが食いしんぼうのわが家では、食事の時は専《もつぱ》ら黙々と食べることに熱中して、あまり喋らない。

いつか、それに気づいた奈々に指摘されて、全くそうだとみんなで笑ってしまった。

奈々はこの春から学校の帰り、中国語の塾へ通っていた。将来は中国で暮したいといいだしたのだ。若い時は、せいぜい夢を描いて何でもしてみたらいいというのがわが家の家風で、放任主義だ。そのうちフランスに行きたいと言っても驚かないつもりだ。

「奈々、中国語で美味しいって言ってごらん」

奈々は、ちょっと恥しそうに舌を出したが、

「ハオチー」

と、きれいな北京語で言ってのけた。

「ヘン、ハオチーと言えば、とても美味しい」

「アイラブユーは?」

「ウォ・アイ・ニー」

「自信ついた感じ?」

「まだまだよ。でも塾の友だち出来たし、たのしいよ」

娘たちの明るい会話を聞いていると、今頃茜荘で西尾はな子は一人でどうしているだろうかと、ふっと気がかりになる。

「どうかなさったの。あんまり食欲ないみたいですね」

智江が、紹興酒の瓶を持っておれのグラスに注ごうとした手を止めて、顔を見つめている。その目がおれの心の底まで覗きこもうとしているように底光りしている。

「いや、昨夜坂口たちと呑みすぎて、胃がもたれているだけだ」

どうしてこんな嘘が口をついて出るのか。黙って酒を注いだ智江の顔は、おれの言葉を信じていないで、別のことを考えている。

長年つれ添ってしまった夫婦というものは、無関心を装っている時でも、相手の心の底が覗けているのかもしれない。智江のように頭のいい女をごまかすことは出来はしない。

ちょっとしたバーの女との浮気でも、これまで最後まで隠しきれたことは一度だってない。

たった一度だけ、深刻になりかけた上原圭子の時も、智江の聡明さで家庭はこわれなかった。

もの書きの中でただ一人心を許しあっていた上原純が、肺ガンが発見されてから半年も持たないで死んでしまった。

未亡人になった圭子は落胆と失望でノイローゼになっていた。おれは上原の生前から、熱心に見舞いに通っていたので、圭子とはそれまで以上に心が接近していた。上原には隠している病気の真実の重さを、圭子以外に正確に知っているのはおれ一人だった。

圭子は一人で持ちきれない不安や苦しさも、おれに訴えることで辛うじて精神のバランスを保っていた。

上原は献身的に介護する圭子を不憫がり、おれと圭子を枕元に並べて、

「圭子を頼む。力になってやってくれ」

と頼んだ。

「もちろん、力を合せて、きみを見守るよ」

と言うと、上原は文士の中でも美男子で通っていたのに、すっかり面変りして老けて見える顔に微笑を浮かべて、ありがとうという意味をこめた目でおれの手を握り、圭子の片手をとると、その手をおれの手に重ねさせて、力いっぱい二つを握りしめた。

上原の目に涙が浮かんできた。

「……頼む……ぼくが死んだあとも……」

と言った。その三日後、上原は死んだ。

おれは失意に心身が弱りきった圭子を、連日見舞っては力づけていた。

上原に頼まれたからと、智江にも告げ、堂々と圭子の許に出かけていた。やましい気持は全くなかった。夫の生きていた時より気力の失せた圭子は、子供のように全身でおれに頼りきっていた。

上原の生前は、圭子をずっと「奥さん」と呼んでいた。夫の死後、圭子は、

「もう奥さんじゃないから、圭子と呼んで下さい」

と言った。尤《もつと》もな話だと、以来、名前を呼ぶようになっていた。

ある夜、激しく体をゆさぶられて目を覚ました。

すぐ横に寝ている智江が正座しておれを見下ろしていた。険しい顔で睨みつけている。

まだ眠りから覚めきらず、おれは事態が理解できない。

「何だ?」

「今、夢を見ていたでしょう」

「いいや熟睡していた」

「誰かと夢の中でいたでしょう」

「いや、ただ眠っていた」

「うそっ!」

「何だよ、いったい」

「女の名を呼んだのです」

「誰を」

「ケイコ!　ケイコ!　って」

おれは吹きだした。

「お前こそ、夢を見てるんじゃないか、しっかりしてくれよ」

「だって、さも切なそうな声でケイコって……上原さんの奥さんと、いつからそうなったんです」

「何を言い出すんだ、バカバカしい」

結婚以来、およそ嫉妬などしたことのない智江のはじめて見る醜い形相に、おれはすっかり目を覚ましてしまった。

いくら弁解しても智江はおれの言葉を受けつけなかった。

友情に篤い男だと心から尊敬していたのに、その妻が目当てだったのでは見下げ果てたとまで言う。

「夕霧のつもりなの」

小馬鹿にしたようにそんなことまで言う。光源氏の息子の夕霧が親友の柏木の死後、その未亡人の女二の宮に夢中になる話にかこつけてバカにしている。

おれはこんな女と一つ床にいられるものかと、寝床を出てさっさと身支度をし、原稿用紙と万年筆と、洗面道具だけいれたバッグを持って戸外へ出た。すでに未明の空がうっすらと明るくなっていた。

はじめからそうするつもりだったようなたしかな足どりで駅に向かっていた。駅前で夕クシーを拾い、上原の家の地名を告げた。

突然、非常識なほど早朝に訪れたおれを迎えて、パジャマのまま化粧のない顔で目をぱちぱちさせて圭子は玄関に突っ立っていた。

おれにはそんな圭子が無邪気な子供のように見えた。いきなり、圭子をその場で抱き寄せ接吻した。

圭子は一向にさからわず、全身の力を抜いて、おれの体に柔かく抱きついていた。

長い接吻に次第に情がこもり、性的になっても圭子はおとなしくひたすら柔かかった。

おれは圭子を抱きあげ、勝手知ったその家の奥へ進み、まだ体温の漂っている寝床に一つになったまま横たわった。

圭子はもうしとどに濡れていた。

一言も言葉を交わさないまま、おれたちは媾合した。

耐えきれず圭子が笛のような声をあげた。

もっと声をあげろと、おれは体の動きでうながした。圭子の官能は心と同じように素直だった。

子供を産んだことがない圭子は、体の芯にまだ娘の名残りをとどめていた。それが新鮮でおれを興奮させる。

互いに果て尽くした時、静かになった圭子の体はまだ時々、ひくっ、ひくっ、と震えを繰り返していた。圭子がおれに抱かれたまま、二人の胸の間で掌を合せ、

「ごめんなさい」

とつぶやいた。その声はおれに向けられたものでないことがわかっていた。襖の向うの部屋には、真新しい上原の仏壇があった。

快楽の余波が静まりきらない中で、圭子は亡夫を強く思い出したのだ。

おれはそんな圭子の背を力をこめて抱き寄せ、

「おれの分もあやまってくれ」

と圭子の耳もとに囁いた。圭子の感じやすい耳が、おれの唇の動きで、また敏感な官能に震えはじめ、圭子はそれを恥じて、声をあげて泣き出してしまった。その狼狽を静めるためには、ふたたび抱擁を繰り返すしかなかった。

ほとんど同時に抗し難い睡魔に襲われ、抱き合ったまま眠ってしまった。

目が覚めた時、圭子はキッチンで食事の支度をしていた。

音をたてないようにバスルームに入り、シャワーで体を清めた。その足で仏壇の前に行き、鈴《りん》は鳴らさず掌を合せた。

「とんだことになってしまった。お前が死んだりするから悪いんだよ……どうしたらいい？　罰《ばち》を当てるなら、おれ一人にしてくれ。圭子さんを守ってやってくれよな」

何を拝んでいるのかわからない。

キッチンと一緒の食堂のテーブルには、和食の朝御飯の支度が出来ていた。味噌汁や納豆や、卵焼きや干物の朝食は、わが家のそれを思い出させた。

卵焼きは料理屋風に、だしのいっぱい入った柔かな品のいい味のものだった。おれは母親が作っていた、砂糖のいっぱい入った甘くて堅く焦げ目のついた卵焼きが好きで、智江はほぼそれと同じものを作れるようになっていた。干物はおれの嫌いな鯵だった。

「お早うございます」

とふり返った圭子はさっぱりと化粧していて、満足したセックスで洗いぬいたような爽やかな顔をしていた。

今朝方からの激しい性交で腹が空いていて、文句をつけたい卵焼きも鯵もすっかり平らげてしまった。

圭子は、

「胸がいっぱい」

と言いながら、結構たらふく食っていた。

食後のコーヒーを飲みながら、はじめて夫婦げんかのことを話した。圭子はただ目をまるくして、驚くばかりだった。

おれと智江の結婚の時の大騒ぎは語り草になって、編集者仲間にも語りつがれているし、作家たちの間でも無責任な伝説として知れ渡っていた。圭子も上原から寝物語にでも聞かされている筈だった。

智江は上原をおれの友人として大切にしていたし、上原の死後、圭子の面倒を見ることにも何の文句も言わなかった。折々には御仏前にという名目で供物や、台所で役立つものを贈っては圭子を見舞い励ましていた。手紙や電話でのやりとりもあり、女どうしで友情を育てていた。

圭子は明るい朝の陽光に身をすくめるようにして、改めて智江に悪いと言って泣いた。

おれはその泣き顔を見ている時、はっと気がついた。

圭子の名を寝ごとで言ったのは、自分では自覚していなかった圭子への想いがあらわれたのかもしれないとはじめて思ったのだ。

「可哀そうなは惚れたってことよ」そんな俗謡があったと、苦笑いをかみしめていた。

圭子は智江の親切と好意に深く感謝していたし、ひとかたならず世話になっているおれの妻として、敬愛の気持を持ち続けていた。

それなのに、何という結果を招いてしまったかと、信じられない運命に投げ込まれた自分の現実に茫然としていた。

それでも一度覚えた肉の快楽の魅力から逃れようとはしなかった。

結婚以来、誠実な愛で包みこんでくれた上原純は、早逝するようなひ弱さが肉体に隠されていた。

子供に恵まれなかったのは、医者にひそかに診察してもらった時、圭子の方に欠陥はなく、上原に子種がないのではないかと言われた。上原も伴ってくるようにと言われたが、圭子は自分の受診も隠している以上、夫に診察を受けてくれなどと言い出せなかった。

——子供のない夫婦なんて世間にいっぱいいる——

圭子は夫に子供のいない淋しさなど一度も訴えたことはなかった。

智江の二人の娘を見ると、美しい親子だと心から思うが、だから自分に子供がいないのが淋しいという感情は起こらないのだった。

圭子は夫と暮していた時、夫のことだけで心も体も精一杯だった。夫の欲しているものを想像し、的確にそれを与えることだけで、他のゆとりなどなかった。子供の時から、「いっしょうけんめいの圭子ちゃん」とあだ名されるほど、何にでも夢中でぶっつかっていく。学校の勉強もそうだし、父にくっついて習った仕舞や謡《うたい》の稽古でも全力を尽した。それでも自分の才能は何を励んでもすべて八〇点の及第点止まりで、九五点の優等の点には届かないのだと自覚していた。

だから努力しなきゃ、と圭子は心を弾ませる。

「何でも一番になるなんて、卑しい気がしない？　あたしはこれくらいが気が楽でいいわ。一番を争ってる人って、いつもがつがつして、ゆとりがないみたい。もし、好きな人ができるとしても、せいぜい八〇点くらいの人がいいわ」

そして上原純はそういう圭子の好みにぴったりの男だった。

そんなことを圭子はしのび逢いの度に少しずつおれに話した。話を一つ打ちあける度、自分の体の鍵を一つずつおれに渡すような感じだった。

「智江さんとはどうなってるの？」

「圭子とこうなって以来、してない」

「そんなこと！　可哀そうじゃないの。智江さんともしてあげて」

「お前は阿呆か」

そう笑っていっそう圭子をむさぼりながら、そんな圭子が可愛くてならなくなった。はじめて智江は聡明すぎて隙がないところが可愛くないのだ、などと批判をしていた。


智江は、おれと圭子の間については、二度と口にすることはなかった。

夫婦の間に性交がなくなった点についても、自分から求めもしないし、なぜそうなのかなど、一度も聞こうとしなかった。

智江はプライドを自分から汚すことが、断じて自分自身に許せないのだ。

智江のプライドが自然に智江を守ってくれた。黙って耐えている智江の忍耐の不気味さがおれに智江を恐れさせ、別れ話など持ち出せなかった。

智江はおれたちの不倫をあくまで無視しようとした。

責められるより無視されることの方が怖かった。いじめにシカトという方法があるが、これがいじめられる子供にとっては肉体的暴力を加えられるより辛いという。

一年余りすると、圭子は具合が悪くなり、食事がとれなくなった。持ったものをぼろぼろ落すようになった。しまいには箸やスプーンさえ、指から落した。

高校の友人で精神科の医者になっている高林に相談して診てもらった。高林は、

「れっきとしたウツ病だから、治すにはお前との関係を絶つしかない」

と言った。本人はウツだと自覚していないから、そんなむごい宣告をするわけにはいかない。

「表面は、悩んでいる様子など見せないんだけどなあ」

「だからその分内にこもってくるんだよ。一種の強迫神経症だな」

「強迫って？　……うちのやつはこの事実を無視しようとしているけれど、圭子を責めたりは決してしてないが」

「だから、気の小さい圭子さんは、自分を自分で責めてノイローゼになるんだ。年中、自分の良心の呵責におびえている」

「薬ではだめか」

「少しは楽にすることは出来るけれど、それでは根本の治療にはならない」

高林の診断は信頼出来るものがあった。

「それに……」

高林はおれの目から目をそらして言った。

「妊娠してるよ」

「ええっ、死んだ亭主とは一度も妊娠しなかったと言ってたよ」

「だから、それは相手のせいだよ。彼女は完全な女そのものだ」

高林のいる病院は大きな総合病院だったので、婦人科にまわして確めてもらったという。

「二ヵ月に入ったばかりだ。本人もまだ気づいていなかった」

おれは事態をどう受けとめていいかわからず、高林の前で不様にただ突っ立っていた。

圭子が姿を消したのは、それから一ヵ月と経たなかった。

取材で沖縄へ五日出かけて、帰ってまっ直ぐ二人のアパートへ行ったら、部屋の家具はそのままだったが、圭子の姿はどこにもなかった。二人の仲が決定的になった頃、上原と暮した家では辛いと言うので、二人のアパートを借りたのだった。しんとしたよどんだ空気が、その部屋に何日も誰も居なかった空虚さを伝えていた。窓を全開にし、押入れや洋服ダンスの中まで覗いてみたが、圭子の姿はなかった。

キッチンのおれの坐る椅子の上に置手紙を見つけた。


「ごめんなさい。

こんなことをしでかしてごめんなさい。

突然の思いつきではなく、ずっと考えていたことです。

あなたに不平不満などみじんもありません。

もったいないほど愛して下さって言い尽くせない感謝ばかりです。

でも、ずっとずっと怖かったのです。人の幸せを盗んで自分が幸せにいることが怖かったのです。

私は神や仏を信じているわけではありません。お寺でも神社でも行けば掌を合せて頭《こうべ》を垂れますが、その奥に何の気配も感じたことはありません。

でもそうして掌を合すと、何かほっと安心が与えられました。神だか仏だかしれないけれど、人間の世界の外に何か大きな宇宙の生命のような聖なるものがあるという畏《おそ》れはいつのころからかありました。

だってこの世には説明のしきれない不思議なことで満ち満ちていますもの。太陽と月が軌道を守って運行し、ぶっつからないのが、不思議です。

男と女があれをして子供が出来たり、出来なかったりするのも不思議です。私と上原が七年も夫婦として暮して子供が授からず、あなたとは一年にもならないのに、出来てしまう。

ごめんなさい。まだ告げてませんけれど、あなたとの赤ちゃんを授かってしまったのですって。病院でそう告げられました。たまたまあなたは旅先だったので、一人でこの事実を考え続けました。嬉しさと怖さと、すまなさがごっちゃになって頭も胸も張り裂けそうでした。

そばにあなたがいたら、どうしたらいいの？　どうすればいいのって、あなたの胸に頭を押しつけて泣いてしまったことでしょう。

自分でようやく結論を出しました。私は智江さんを裏切っています。私にやさしく親切ばかり与えてくださった人の一番大切なものを盗んで、自分の幸せにしています。ふしだらな、不埒な人間です。罪深い女です。

神さまや仏さまが罰してくれないなら、自分で罰しなければなりません。なぜなら、生まれてくる子に罰を引き継がせてはならないからです。

一番大切な人と別れることが、今の私に科せられる最大の罰です。

こんな私のわがままを許してください。

私の暮しを心配しないで下さい。親と上原の遺《のこ》してくれたもので、つつましく暮せば充分です。それにまだ私には働ける若さが残っています。新しい命に励まされ、ウツはどこかへ吹っとんでしまいました。

智江さんには、何も挨拶もせずに行きます。

その方が礼儀でしょう。

それから、私は、どんなことがあっても決して自殺はいたしません。あなたにまだ一つ、伝えていない話がありました。

病死したとあなたに伝えた私の母は、私の小学五年生の夏休みに、自殺しています。父と一緒に近くの公園へラジオ体操に行って帰ってきたら母が死んでいたのです。

父への遺書に「私は潔白です」

私への遺書に「絶対このようなことはしないで」

とありました。

母の命をかけた遺言だけは守りたいと思います。

あなたと私の子供のために。

父は母の死後、お酒の量が増え続け、アルコール中毒になって車の事故を起こし死にました。


やっとこの話が出来て、心が軽くなりました。

あなたは私に女としての最高の満足な経験を与えて下さいました。その上、赤ちゃんまで。この世であなたにお逢いできた縁をしみじみありがたく思います。

くれぐれも、御自愛下さい。

御平安をどこにいてもお祈りしています。

虫のいいお願いだけれど、私のことを忘れないで下さると嬉しいです。

ありがとうございました。

さようなら　さようなら。


圭子」

第三章

編集者時代、多くの小説家とつきあって、彼等の表も裏も知ってしまうと、作家の妻にだけはなりたくないと思い決めていた。

品行方正の小説家などいたためしはなかった。中にはまれに愛妻家、家族大事の小説家もいないことはなかったが、そんな作家は編集者の目からは、かえってうさん臭く見えた。

小説家というのは本来無頼の徒で、品行は悪く、のんだくれと相場は決まっていた。

そして、どこの国の作家でも、そういう不道徳で、無頼の徒が、妙に魅力のある小説を書いてくれることが多かった。

藤巻清明の強引な誘惑にあっけなく降伏してしまった頃、清明は、

「この社に長くはいないよ。宮仕えは性に合わないんだ。必ずもの書きになってきみを養うよ」

と言っていた。

私は多くの作家の生まれてくる現場と、育っていく過程もたくさん見てきているので、

とても清明がものを書いて食べていける人間になるだろうとは期待していなかった。

当時の私は清明に征服されきっていて、女が男に征服されるという歓びに惑溺《わくでき》していた。清明が将来、これというひとかどの人物になどならなくても、今のままの男でいてくればいいいと思っていた。男一人くらい養っていく自信がその頃の私にはあった。

ところが清明は結婚すると、私が外に出て働くこともいやがり、家にとじこめたがった。その上、私の予想を裏切って、時流に先だった気の利いたエッセイを書きはじめ、いつの間にか若手の随筆家として引っ張りだこになっていた。

当然のように私は彼の秘書の仕事もするようになった。

家事の手伝いは雇えても、清明の秘書役は、私以上の適任者は見当らなかった。

結婚しても長く子供に恵まれなかったのがかえって好都合だった。

清明が会社をやめてしまい、執筆だけで身を立てようとしたあと二、三年は、私が校正の内職などして家計を守ったこともあったが、清明の文運は強く、予想以上に早くもの書きとして一人前扱いされるようになっていた。

流行作家になり、編集者たちと飲み歩き、朝帰りすることがあっても、口汚くとがめたりすることはなかった。

新宿や銀座の文士たちの行くバーは、私も編集者時代につきあいでよく出かけていて、どんなやりとりがホステスとの間で行われるかつぶさに知っていた。

泊まってきた朝は、清明は普段より激しく私をむさぼり求めた。

清明はその性交を「お清め」と称して、儀式のように定着させた。

そしてその都度、私は彼の懇切な性戯に他愛なく絶頂に導かれ、不満や嫉妬はかけらもなく解消させられているのだった。

上原圭子と清明との情事が確実だとわかった時から、かつて味わったことのない嫉妬と憎悪と怨恨が胸の中を焦がしつづけた。

圭子の夫の上原純の病気中から、夫と共に真心こめて見舞っていたし、未亡人になった圭子に対しては、同情する気持は決して夫に劣ってはいなかった。それだけに、夫が圭子と通じてしまったとわかった時は、ショックが大きかった。

結婚してはじめて自分の年齢にひけ目を感じて心が萎縮した。

圭子は私より十一歳も若かった。夫より五つ年下だった。

小柄で童顔なので、年齢より更に若く見えた。夫に先だたれた不幸の陰影が、華奢な体をいじらしさで包み、女の私でさえ、今にも倒れそうな頼りない体を抱きとめてやりたかった。

そうした圭子の哀れさといじらしさが、男の目にどう映るか想像するまでもなかった。

葬式の時の喪服の圭子を見て、こんなに美しく可憐な女だったかと、私は改めて目を見張った。

斎場の待合室の廊下の隅に夫と私が立っているのを認めた圭子が、風に吹き寄せられるような頼りない足どりで近づいてきて、言葉もなく深々と頭を下げた。

その時、夫が、

「鼻水が出てるよ」

と言って、自分のハンカチをすっと差し出してやった。圭子がそれを礼も言わず受け取って、横を向いて鼻をかんだ。

その瞬間、私は夫と圭子の関係を悟ったのだ。ハンカチを差し出した夫と、それを当然のように不用意に受け取った圭子の馴々しさは、そこにいる私の存在を全く眼中から抹殺していた。

そしてあの寝言事件が起きた。

私のヒステリックな追及に腹を立てて、清明はその場から圭子の許に走った。

私が不倫の絶好のチャンスを与えたような形だった。

清明はあくまで夢も見ていなかったと弁解したが、もし夢も見ないで、自分で全く意識しない煩悩から、あの切ない声が発せられていたとすれば、心の奥底にすでに棲みついた圭子は、もう夫の肉体にとけこんでいることになる。

私は完全に夫から見捨てられたと思った。


それからの一年、私の地獄がはじまった。

清明は公然のように圭子の家に行き、仕事関係の人と会う時だけ帰ってきた。

私たちの間から夫婦の性愛は全くなくなった。

辛うじて残った私のプライドが、自分からそれを請うような恥さらしのことだけは許さなかった。

圭子の方も次第に無神経になり、自分の家から出した清明のクリーニングされたワイシャツや背広についた上原の縫いとりの糸を、かみそりでそぎ落すような手間暇はかけなくなっていた。

私はひそかに身辺整理をしはじめていた。

やがてはこの家を出て行かねばならない日の訪れることを悟っていた。まさか私の出奔《しゅっぽん》より先に、圭子が蒸発してしまうなど、誰に想像が出来ただろう。

清明は一人では暮せず、結局この家に戻ってきた。

私は圭子のことも、清明がこの一年間に私に与えた許し難い侮辱についても一切言葉にしなかった。

恨んだり責めたりするエネルギーは、愛情という熱量がなければ生れないもののようであった。

私の清明に対する愛や情熱は燃え尽きてしまったのかもしれなかった。

第四章

その日、会った時から美々は泣き出した。

「どうしたんだ。何かあったの」

「落ちちゃったのよ」

「落ちたって？」

「最終オーディションで落ちちゃったの。ああ、せっかくあそこまでいったのに、悔しい。宮武監督が期待してくれていると聞いていたから、わたし、残れると思ってたのに」

「…………」

「合格したライバルは、とても素敵な人なの。美人ではないけど、存在感があるの。目の光り方がちがう。わたしが辛いのは、自分が落ちたことが当然だと認めざるを得なかったからなの。わたしもう女優になんかなれないのかしら」

オレは笑った。

「なぜ笑うのよ。こんな時に」

「いや、落ちておめでとうって言いたいんだよ」

「どうしてそんなひどいことを言うの」

「いや、オレは美々が宮武さんに認められて女優になれそうだって喜んでた時、おめでとうと言っただろう。だけど心の中では、美々が女優の道を進むなら、オレたちの仲は終りだと思った」

「なんでそんなことを、今まで隠してたのよ」

「だって考えてごらんよ。自分の存在でたくさんの人を魅了し、喜ばせる力がある女になるってことだろ。そんな人をオレは一人では支えられないよ。今くらいのぼうっとした美々ならちょうどいいと思ってたんだ。美々が自分の才能を伸ばそうとしているのは認めるし、それが成功することは喜ばないといけないって頭ではわかっているけれど、華やかな女優になった美々とは、到底つきあいきれないと覚悟していた」

「そんなことを黙っているなんて」

「あんなに喜んでいる美々に、自分の本心なんか言えるものか。でもよかった。落ちてくれて、とてもよかった。まだ美々にはいろんな可能性があるんだ。自分がほんとうに好きなことを、時間をかけて探せばいい。それが見つかったらオレは決して邪魔はしないから」

言葉よりも慣れた愛撫の方が、傷ついた美々を安心させるようだった。

オレは心から自分の腕に帰って来た美々を可愛いと思った。

今やっている写真の仕事を、自分の生涯の仕事にしようとも、まだ決心がつかない。オレもまた、ほんとうに自分が何をしたいか模索中だ。二人は若い。ゆっくりと考えればいい。そしてお互いを成長させる間柄の夫婦になりたい。

昨夜、母が珍しくオレにゆっくりと話しかけてきた。もうとっくに美々とオレの関係を母は察していた。

「美々さんと仲よくしてるのはいいけど、美々さんのおとうさんが、今大変なのを知ってますか？」

「だいたい美々から聞いて知ってる」

「美々さんのおかあさんの智江さんは、ほんとに見事な人ですよ。じっと耐えて御主人の清明さんを自由に羽ばたかせている。あのおかあさんの育ててくれた美々さんだから、私は安心してる。とても素直な子だから、あなたについていってくれるなら、こんな嬉しいことはない。ああいうやさしい子があなたの伴侶になる日を、私はずっと待ってたの。今ほんとうのことを言います。びっくりしないで。

あなたのおとうさんは、あなたが生まれて半年ほどで病気で亡くなったと言ってきたけど、ほんとうは違う。あなたのおとうさんには家庭があって、私はあなたを産める立場ではなかった。

それでも縁があって二人の間にあなたが生まれた。私はおとうさんの家庭に踏み込むなんて、夢にも考えていなかったし、陰であなたをこっそりと育てるつもりでいた。ところがその関係がおとうさんの奥さんに知られた時、気が小さくやさしいその人は自殺してしまった。

あなたのおとうさんも、心のやさしい人だったから、その現実に耐えられなくなってひどい病になった。私はもちろんおとうさんと別れて、あなたを一人で育ててきた。

初めから、あなたは私ひとりの子供として、育てようと決めてたの。

あなたを鍵っ子にして、私は働き通した。でも、あなたはひがみもせず、私の働く背中を見ながら、ほんとうに頼もしい男に育ってくれた。哲也と一緒に生涯をともにしてくれる人が見つかった時には、私はもう一度自由にさせてほしいと思い続けてきた。

美々さんは、哲也をほんとうに愛してくれているし、哲也も美々さんをほんとうに好きらしい。二人でこれから人生を切り開いていってほしい」

「自由になりたいってどういうこと？」

「それは前から考えていたことだけども、山のお寺で出家して、おとうさんと、おとうさんの奥さんの冥福を祈って、ひっそりと暮したいの。私はおとうさんに愛されて幸せだったし、その上、哲也のような素敵な子供まで授かって贅沢すぎると思う。もう充分この世を堪能したしこれからは自分一人の生活を楽しみたいと思うの。そういうわがまま、認めてくれるでしょ」

　オレは小説を読んでいるような気がしたが、じっと考えるとすべてのことがうなずけてきた。

　母がずっと働き通している姿は、けなげだった。鍵っ子で淋しいとも思わなかったのは、働いている母の背中が、とても頼もしく温かく見えたからだ。オレはずっと母を信じていた。そしてこんな親を持ったことを誇りに思ったし、父親がないことで淋しいと感じたこともなかった。

　生まれて顔も知らない間に亡くなったという父親とは縁が薄かったのだと割り切っていた。

　今、物語のようなことを聞かされても、それが心の重荷にはならない。ただ母が出家したいということが、すごくショックだった。しかし、それも考えてみれば、まだ母は今度の話のように、オレには話しきれない数々の人生の思い出があるのではないだろうか。

　今、母が、現世を離れて自分を自由に解き放したいと考えていることは、すばらしいことのように思えてきた。

「おかあさんの好きなようにすればいいよ。今のオレにはなんにもしてあげる力がないけど、おかあさんを落胆させるようなことは、これからもしないつもりだ。ほんとうに自由になってよ。好きなことをやってくれていいよ」

母は、長いまつ毛を伏せて、悲しそうになるいつもの表情を見せたが、口もとは笑っていた。

「ありがとう。哲也を産んで、ほんとうによかったわ」

もう長い間そうしたことがなかったのに、オレたちはしっかりと抱き合って、子供の頃のようにオレは母の胸に頭を埋めていた。

第五章

「ほら、あの木山《きやま》捷平《しょうへい》のガンの末期の下の句」

眠っていたと思い込んでいたおれが、突然、ベッドから声をかけたので、病室の窓際の花の水を替えていた智江が、驚いてふり返った。

「えっ、捷平の句？」

「うん、ほら、ガンで入院してた時の句だよ。見るだけの妻となりたる……の下の句さ」

「ああ、それは、五月かなでしょ」

すらすらと答えが返ってきた。

「そうそう。そうだったね」

「どうしたの、突然」

「今、うとうととして、捷平さんを二人で見舞ったことを夢に見たんだよ」

「……」

「子供のように、小さくしなびてしまってたよね、木山さん。おれもすっかり小さくなった？」

「木山さんはもともと小さい人だったのよ。あなたは大きくて、並よりがっちりしている人だもの、今だって立派なものですよ」

嘘を言う時、智江の声は舞台の女優のセリフのような、メリハリのきいた口調になる。

まさか自分が木山さんと同じ病気で間もなく死を迎えることになろうとは予想もしなかった。しかも木山さんとほとんど同じ年齢で。

智江はずいぶん前からおれの身体がただごとではないと感じていたという。

この数年は、はな子との確執で予想もしなかった地獄の中に投げ込まれていた。世間知らずの田舎娘に見えていたはな子は、今ではいつ狂暴に暴れ出すかしれない猛獣になっていた。おそらく精神の病気を患っていると思うが、病院に連れて行くなどということは、はな子の剣幕では不可能だった。

ヒステリーが起こると処置出来ないほど狂暴になり、何をするかわからない。そればかりか、とにかくおれを独占しようとして家庭に帰すまいとする。仕事をしなければ、はな子を養うことも出来ないと説得しても、全く受けつけない。

次第に浪費の度合いが増えていった。その支払いのために、書きたくもないエロ小説を筆名を変えて書きなぐったりするようになった。智江は、そればかりはいやがって眉をひそめているが、今では口に出してとがめようとはしなかった。

明日が締め切りの限界という時には、必ず電話があった。

「すぐ来てくれないとリストカットする」

あるいは薬を飲むと脅《おど》かす。実際幾度もはな子は、それを実行してみせていた。おれは、はな子から命令されると、やはり駆けつけなければならない。

書きかけの原稿を鞄に入れ、黙って立ち上がるおれを、智江はもう止めようとはしなかった。

止めても出て行くことを知っていた。無表情な顔で、黙って背後からコートをかけたりマフラーを手渡したりした。二人とも無言だった。智江はおれが、はな子の電話をとる時、全身にじんましんが出るのを知っていた。体だけで、はな子とつながっていることも承知していた。

駆けつけると、はな子はけろりとしておれとすぐに房事に入ろうとする。原稿が間に合わず、それどころではないとはねのけても、目が吊り上がって死に物狂いで獣のようにしがみついてくる。

それを振り払うと、泣きわめいて狂暴になり暴力をふるう。暴力をふるわれるに任せず、こちらが力を出せば、必ずはな子を傷つけるにちがいない。ものの拍子で殺しかねなかった。実際、もう死んでもらうしか生きる道はないように思えた。これが運命かと、はな子の気のすむまで暴力を受けるしかない。ようやく疲れはてたはな子を眠らせて、引き続き締め切りの仕事にとりかかる。

そんな地獄がいつまでも続く筈はなかった。

はな子に言わせれば、おれがおだやかな家庭を営んでいるのが許せないという。自分とほとんど同年の美々と奈々が、幸せに暮しているのが許せない。なぜ自分一人が淋しい思いをして、すべてに耐えなければならないのか。

天下の不幸が自分一人にかかっている気がして許せないと言う。その恨みのすべてがおれと家族に向けられていた。

はじめて会った時に、おれがはな子を誘惑したと言うが、そうではなかった。

上京したはな子がどうしても帰らないと言うので、仕事を探してやろうとアパートに囲ったのが最初の失敗だった。

なぜそういうことをしたかというと、はな子があまりに不幸を背負っているように見え、それが憐憫となり、その不幸の暗さが、かえっておれの知らない女の陰影となって好奇心を誘ったのかもしれない。仕事の材料にという、いやしい気持がなかったとは言い切れない。

はな子は外見とはちがって、恐ろしい女だった。決して手をつけてはならないと自戒してつきあっていたが、はな子の部屋で、つい過ごした酒にうたた寝をしていた時、気がつくと、はな子は子猫のようにおれの下半身にもぐり込み、おれを口にふくんでいた。

子供のような顔をしていたが、ただ父親にいたずらされたというだけのはな子の性技は完璧に大人のものだった。幼い時に父親は、どういうふうに、はな子を飼い馴らしていたかが想像できた。

誘惑したのは、はな子であって、おれはまったくの受け身だった。しかしそれは男として誰にも言い訳に出来ない。

はな子はふた言目には、

「わたしが公表すれば、あなたは未成年者淫行条例違反の罪で社会から葬られるわ」

と言った。そのとおりだった。その言葉に脅かされておれは、はな子を切ることが出来なかった。

はな子のとっておきの脅迫の未成年者淫行条例違反は、おれにおせいさんを思い出させた。

おせいさんは、谷崎潤一郎の名作「痴人の愛」のナオミのモデルとなったせい子という女性だった。谷崎は妻の千代に飽き足らず、妹のせい子に手をつけ、夢中になり、千代と離婚して、せい子と結婚しようとまで図った。せい子を女優にして売り出そうともした。

おれは出版社から、せい子宛の谷崎の手紙の束を示され、二人のドキュメントを書かないかと請われ、はじめておせいさんにあった。

その時、すでに九十を越していたおせいさんは体にぴったりすいついた絹の服を着て、派手な帽子をかぶってあらわれた。短めのワンピースの下から伸びている脚の美しさに、まず度肝を抜かれてしまった。女の脚に特別の愛着を示す谷崎を夢中にさせたのが、この脚だったのだと、たちまち理解した。

こぢんまりした顔に素顔に見える化粧をほどこし、口紅を鮮やかに描いていた。どう見ても六十代の終わりか七十代のはじめにしか見えなかった。脚の美しさを強調するためか、絹の靴下を穿き、靴に凝って、まるで十代の若い娘の好みそうな愛らしい靴を履いていた。

ディートリッヒの脚と宣伝された有名な脚だった。この脚で谷崎を虜にしたのだ。

おせいさんは悪びれない視線を真正面から注いできて、何を聞いてもいいと言った。

「どうして谷崎さんの求婚を断ったのですか?」

「好みじゃなかったからよ。その頃、江川宇礼雄《うれお》に惚れてたんだもの」

「この残されたあなた宛の手紙によると、谷崎さんはあなたの結婚後も、ずっと毎月生活費を送り続けていますね。そして、あなたは度々、堂々と金を要求していますね。どうしてですか」

「だって、谷崎は私が十六の時、私に手をつけたのよ。訴えたら性犯罪でお縄でしょ」

そして花が開くような、あでやかな笑顔を見せた。

はな子がおれを脅すように、大文豪谷崎も脅されていたのかとおかしかった。

おせいさんは晩年、霊能者になって、あの世も見えるし、人の運命も見えてきたと言っていた。おれが何を聞いてもびっくりするのが気に入って、時々突然、呼び出されて食事をしたりした。もちろん、食事の代金は男が払うものと決めていた。

そんなある時、デザートになると、おせいさんがふっと言った。

「女難の相ね。それにあまり長命じゃない。仕事は早くした方がいいよ」

すっかり忘れていたその声を、今、思い出した。

おせいさんの声を聞きたくなって電話をしたら、若い男が出て言った。

「せい子先生は、一昨年九十四歳で亡くなられました」

「死ねば、その人の生前の精神状態によって、あの世の位階が決められて、何階層にもなっているから、夫婦でも友人でも、位がちがうと逢えないのよ」

そんな言葉も思い出す。

あの世の階層では佐藤春夫のほうが谷崎より上の階にいると、おせいさんは断言していた。

智江は上級の壇に上がり、おれは最下級の層に入れられて、あの世ではもう逢えないのかもしれない。

智江はすべてを許していた。くわしくは話したことはないが、はな子の電話がかかる度に、おれの顔が硬直するのを黙って、ただ見つめていた。

ある日、首がまわらないほど肩が凝った時に、智江にマッサージを頼むと、慣れた手つきでおれの凝りをほぐしながら、大きなため息をついた。

「いつまでもこんな暮らしをしていたら、あなた、きっと殺されてしまう」

「おれも、そう思う」

「はな子さん孤独で、私たちの家庭を破壊することしか、今生き甲斐がないのだと思う。それを私たちは黙って受けるしかないのかしら」

「おれが悪い。おれがこんな情けない人間だからかもしれない。もう死んだ方が楽だよ」

「死に逃げね」

智江にしつこく請われたり、泣き落しにかかったりして、病院でようやく検査を受けた結果、「肝臓ガン」と宣告された。もともと酒呑みだったのが、はな子がすっかりアルコール中毒になってしまったのにつきあいだし酒量は異常に進んでいた。肝臓ガンになっていて当然だった。

智江は自分の予感が的中して、むしろ安心したようだったが、おれは心底うろたえた。まだ死にたくなかった。六十歳目前で、どうして死ねるものか。これから本物を書かなければ。

おれはすぐ手術を受けた。ガンを切り取り体外に捨て去れば、きれいさっぱり元の体になるような単純な気分になっていた。

しかしおれのガンは執拗で、切り取ったあと転移し、全身に飛び散った。入退院を繰り返して、手術も繰り返した。ついに肺に達した。切られ与三《よさ》のように切り刻まれても生きてやる。おれは見苦しいほど生命に執着した。

宣告を受けてから、一年七ヵ月が過ぎていた。

「お清めをしなくなって、どれくらいになる?」

「今日は変なことばかり考えるのね」

「見るだけの妻から思いついたんだ」

「二年と三ヵ月」

智江がいやにきっぱりと言った。

それは、地獄の時間がはじまってからの歳月であった。

夫婦のセックスレスは、当然の現象のように言われている。「女房とするなんて近親相姦だよ」などと言うのが粋なように思われていた。


「もしかして次に頭に転移したらどうしよう。凄く狂暴になるらしいよ」

とおれが言うと、智江は黙って下を向いた。

「そうなったら、一番被害を受けるのはきみだから」

「暴れる体力があればね」

と智江はつぶやいた。

そうか、もうそんな体力はおれにはないということなのだ。

おれは、とうとう自分の生命の限界が来てしまっているのを悟った。

もう定命《じょうみょう》の限界が時間の問題だと感じ始めていた。

はじめて心が落ち着いた。短い人生だったと思う一方、ずいぶん長く生きたとも思う。六十二歳という享年は今では若すぎる。しかし八十代九十代まで生きた老人たちよりは潔く死んで行ける。自分の才能の限界も、この程度と自覚した。まだ生きて何かをしたいという意欲はないことはないが、さて、それではどれほどのことが出来るかと思うと心もとない。

運が強くて早く世に出て実力以上に認められたような気もした。しかし自分のほんとうに書きたかったものをまだ書き切れていないという気もする。

先に死んだ文人たちは、死ぬ時に皆、どういう気持だったのだろう。

人間は死ななければ評価が決まらない。華やかに流行作家としてもてはやされていた人びとも、死ねば二年と人気が続いたためしは少ない。作家は生きている時が勝負だと思う。

自分の作品も世に残り続けるなどとは思わない。書いている時は自分一人の心の中では後世に期待していたものの、死が目前に近くなった今では、すべて虚しい。

収入が増え続け、衣食住の贅沢もひとかどにしてきたし、旅行記の作家として世界のあらゆるところに飛び歩きもした。情事に不自由もしなかった。今となっては、心に特に残る女の話もほとんどない。

はな子は最後におれに与えられた神の試練だったのかもしれない。おれの死後、はな子がどこまで落ちていくか。しかし助ける手だてはない。

智江が最後までおれのすべてを許して付き添っていてくれたことに感謝しよう。子供たちはそれぞれ自分の人生を切り開いていくだろう。

目を閉じているおれが眠っていると思って、智江が掌で顔を柔かな風のように撫でさすっている。

抗ガン剤の治療のために髪のなくなったおれは出家者のように見えると、いつか笑っていた。

「やせて不必要なものがすっかりなくなって、あなたまるで聖僧みたいになったわよ」
二、三日前に、ふと眠りから覚めたら、智江の顔がおれの顔の真上にあり、そうつぶやいた。その時「ありがとう」と言いたかったが、口に出なかった。月並みな言葉では、今、智江に抱いている想いは言い尽くせないと思った。
二人で共有してきた喜憂のすべてが、一挙に思い出されている。智江の炊くかまどの飯も、もう食べなくなって、どのくらいになるだろう。

あれほど食い道楽だったおれが、好きなスッポンもフォアグラも口にできなくなった。

好物の味は記憶にはあるが、なぜあれほど執着したか、今となってはわからない。すべて経験したその他の快楽も、今となってはひたすら虚しい。

死ねば無だと多くの哲学者や文人が言い残している。

おれはこの世が虚しかったが、これから行く世界を虚しいと決めつける勇気はない。

ただ地図もなくなった世界の果てを一人で歩き旅していたころの孤独が、ひしひしと蘇ってくる。

犀《さい》の角のように、ただ一人行くしかない。未知の土地に旅することは、おれの本来の仕事ではなかったか。

涯《はて》しない砂漠、あらわれては消えるはるかな蜃気楼……あの世にも蜃気楼が見えるのだろうか。

もうこの世は充分だ。新しい旅に出かける支度をしよう。

眠っていたのだろうか。顔に冷たいものを感じて目が覚めた。顔の真上で智江が涙をこぼしていた。おれは智江に向かって言った。

「せいぜいゆっくりおいでよね。あちらで、しばらく一人でいさせてくれ」

智江が笑った。
おれも笑った。

初出

記憶　「すばる」二〇〇〇年一月号

さくら　「すばる」二〇〇二年一月号、『瀬戸内寂聴全集第十五巻』所収

めぐりあい　「新潮」二〇〇二年十一月号、『瀬戸内寂聴全集第二十五巻』所収

ふしだら　二〇一〇年十一月「Ｇ２０１０」より電子書籍として配信、『瀬戸内寂聴全集第二十三巻』所収

装画　国分チエミ

瀬戸内寂聴（せとうち・じゃくちょう）
1922年、徳島県生れ。東京女子大学卒。1957（昭和32）年「女子大生・曲愛玲」で新潮社同人雑誌賞、1961年『田村俊子』で田村俊子賞、1963年『夏の終り』で女流文学賞を受賞。1973年11月14日平泉中尊寺で得度。法名寂聴（旧名晴美）。1992（平成４）年『花に問え』で谷崎潤一郎賞、1996年『白道』で芸術選奨文部大臣賞、2001年『場所』で野間文芸賞、2011年に『風景』で泉鏡花文学賞、2018年『句集　ひとり』で星野立子賞を受賞。2006年、文化勲章を受章。著書に『比叡』『かの子撩乱』『美は乱調にあり』『青鞜』『現代語訳 源氏物語』『秘花』『爛』『わかれ』『いのち』『私解説　ペン一本で生きてきた』など多数。2001年より『瀬戸内寂聴全集』（第一期全20巻）が刊行され、2022（令和４）年に同全集第二期（全５巻）が完結。2021年11月９日99歳で逝去。

ふしだら・さくら

発行　二〇二三年　九　月三〇日

著者　瀬戸《せと》内《うち》寂《じゃく》聴《ちょう》

発行者　佐藤隆信

発行所　株式会社新潮社
〒一六二―八七一一　東京都新宿区矢来町七一
電話　編集部（〇三）三二六六―五四一一
読者係（〇三）三二六六―五一一一
https://www.shinchosha.co.jp

装幀　新潮社装幀室

印刷所　錦明印刷株式会社

製本所　加藤製本株式会社

価格はカバーに表示してあります。
乱丁　落丁本は、ご面倒ですが小社読者係宛お送り下さい。
送料小社負担にてお取替えいたします。

ISBN978-4-10-311230-3 C0093

瀬戸内寂聴全集　全25巻　　新潮社版

第１巻〈短篇１〉　花芯・夏の終り・花冷え　他13篇
第２巻〈長篇１〉　田村俊子・かの子撩乱
第３巻〈長篇２〉　女徳・鬼の栖
第４巻〈短篇２〉　黄金の鋲・蘭を焼く　他13篇
第５巻〈長篇３〉　いずこより
第６巻〈長篇４〉　遠い声・余白の春
第７巻〈長篇５〉　京まんだら
第８巻〈長篇６〉　中世炎上
第９巻〈短篇３〉　吊橋のある駅・地図　他23篇
第10巻〈長篇７〉　死せる湖・おだやかな部屋・私小説
第11巻〈長篇８〉　比叡・草筏
第12巻〈長篇９〉　美は乱調にあり・諧調は偽りなり
第13巻〈長篇10〉　青鞜
第14巻〈長篇11〉　ここ過ぎて──白秋と三人の妻
第15巻〈短篇４〉　みみらく・風のない日々・髪　他22篇
第16巻〈長篇12〉　炎凍る 樋口一葉の恋・孤高の人　他2篇
第17巻〈長篇13〉　手毬・花に問え・白道
第18巻〈長篇14〉　場所・釈迦
第19巻〈随筆１〉　文学への問い・有縁の人
第20巻〈随筆２〉　世外へ 他　著作目録・年譜
第21巻〈小説・長篇〉　秘花・月の輪草子・爛
第22巻〈随筆〉　奇縁まんだら
第23巻〈小説・短篇〉　藤壺・風景・わかれ・求愛・ふしだら
第24巻〈戯曲・句集他〉　歌舞伎脚本・能・狂言・句集 他
第25巻〈小説〉　死に支度・いのち・あこがれ　年譜・著作目録 他